D0537484

COLLECTION FOLIO

André Gide

Isabelle

Gallimard

A André Ruyters

Gérard Lacase, chez qui nous nous retrouvâmes au mois d'août 189., nous mena, Francis Jammes et moi, visiter le château de la Quartfourche dont il ne restera bientôt plus que des ruines, et son grand parc délaissé où l'été fastueux s'éployait à l'aventure. Rien plus n'en défendait l'entrée : le fossé à demi comble, la haie crevée, ni la grille descellée qui céda de travers à notre premier coup d'épaule. Plus d'allées; sur les pelouses débordées quelques vaches pâturaient librement l'herbe surabondante et folle : d'autres cherchaient le frais au creux des massifs éventrés; à peine distinguait-on de-ci, de-là, parmi la profusion sauvage, quelque fleur ou quelque feuillage insolite, patient reste des anciennes cultures, presque étouffé déjà par les espèces plus communes. Nous suivions Gérard sans parler, oppressés par la beauté du lieu, de la saison, de l'heure, et parce que nous sentions aussi tout ce que cette excessive opulence pouvait cacher

*d'abandon et de deuil. Nous parvînmes devant le per-
ron du château, dont les premières marches étaient
noyées dans l'herbe, celles d'en haut disjointes et
brisées; mais, devant les portes-fenêtres du salon, les
volets résistants nous arrêtèrent. C'est par un soupirail
de la cave que, nous glissant comme des voleurs, nous
entrâmes; un escalier montait aux cuisines; aucune
porte intérieure n'était close... Nous avancions de
pièce en pièce, précautionneusement car le plancher
par endroits fléchissait et faisait mine de se rompre;
étouffant nos pas, non que quelqu'un pût être là pour
les entendre, mais, dans le grand silence de cette
maison vide, le bruit de notre présence retentissait
indécemment, nous effrayait presque. Aux fenêtres du
rez-de-chaussée plusieurs carreaux manquaient; entre
les lames des contrevents un bignonia poussait, dans
la pénombre de la salle à manger, d'énormes tiges
blanches et molles.*

*Gérard nous avait quittés; nous pensâmes qu'il
préférait revoir seul ces lieux dont il avait connu les
hôtes, et nous continuâmes sans lui notre visite. Sans
doute nous avait-il précédés au premier étage, à travers la désolation des chambres nues : dans l'une
d'elles une branche de buis pendait encore au mur,
retenue à une sorte d'agrafe par une faveur décolorée;
il me parut qu'elle balançait faiblement au bout de
son lien, et je me persuadai que Gérard en passant
venait d'en détacher une ramille.*

Nous le retrouvâmes au second étage, près de la fenêtre dévitrée d'un corridor par laquelle on avait ramené vers l'intérieur une corde tombant du dehors; c'était la corde d'une cloche, et je l'allais tirer doucement, quand je me sentis saisir le bras par Gérard; son geste, au contraire d'arrêter le mien, l'amplifia : soudain retentit un glas rauque, si proche de nous, si brutal, qu'il nous fit péniblement tressaillir; puis, lorsqu'il semblait déjà que se fût refermé le silence, deux notes pures tombèrent encore, espacées, déjà lointaines. Je m'étais retourné vers Gérard et je vis que ses lèvres tremblaient.

— Allons-nous-en, fit-il. J'ai besoin de respirer un autre air.

Sitôt dehors il s'excusa de ne pouvoir nous accompagner : il connaissait quelqu'un dans les environs, dont il voulait aller prendre des nouvelles. Comprenant au ton de sa voix qu'il serait indiscret de le suivre, nous rentrâmes seuls, Jammes et moi, à La R. où Gérard nous rejoignit dans la soirée.

— Cher ami, lui dit bientôt Jammes, apprenez que je suis résolu à ne plus raconter la moindre histoire, que vous ne nous ayez sorti celle qu'on voit qui vous tient au cœur.

Or les récits de Jammes faisaient les délices de nos veillées.

— Je vous raconterais volontiers le roman dont la maison que vous vîtes tantôt fut le théâtre, com-

mença Gérard, misa outre que je ne sus le découvrir,
ou le reconstituer, qu'en partie, je crains de ne pouvoir
apporter quelque ordre dans mon récit qu'en dépouil-
lant chaque événement de l'attrait énigmatique dont
ma curiosité le revêtait naguère...

— Apportez à votre récit tout le désordre qu'il
vous plaira, reprit Jammes.

— Pourquoi chercher à recomposer les faits selon
leur ordre chronologique, dis-je; que ne nous les pré-
sentez-vous comme vous les avez découverts?

— Vous permettrez alors que je parle beaucoup de
moi, dit Gérard.

— Chacun de nous fait-il jamais rien d'autre! repartit Jammes.

C'est le récit de Gérard que voici.

I

J'ai presque peine à comprendre aujourd'hui l'impatience qui m'élançait alors vers la vie. A vingt-cinq ans je n'en connaissais rien à peu près, que par les livres; et c'est pourquoi sans doute je me croyais romancier; car j'ignorais encore avec quelle malignité les événements dérobent à nos yeux le côté par où ils nous intéresseraient davantage, et combien peu de prise ils offrent à qui ne sait pas les forcer.

Je préparais alors, en vue de mon doctorat, une thèse sur la chronologie des sermons de Bossuet; non que je fusse particulièrement attiré par l'éloquence de la chaire : j'avais choisi ce sujet par révérence pour mon vieux maître Albert Desnos, dont l'importante *Vie de Bossuet* achevait précisément de paraître. Aussitôt qu'il connut mon projet d'études, M. Desnos s'offrit à m'en faciliter les abords. Un de ses plus

anciens amis, Benjamin Floche, membre cor-
respondant de l'Académie des inscriptions et
belles-lettres, possédait divers documents qui
sans doute pourraient me servir; en particulier
une Bible couverte d'annotations de la main
même de Bossuet. M. Floche s'était retiré depuis
une quinzaine d'années à la Quartfourche,
qu'on appelait plus communément : le Carrefour, propriété de famille aux environs de Pont-
l'Évêque, dont il ne bougeait plus, où il se
ferait un plaisir de me recevoir et de mettre à
ma disposition ses papiers, sa bibliothèque et
son érudition que M. Desnos me disait être
inépuisable.

Entre M. Desnos et M. Floche des lettres
furent échangées. Les documents s'annoncèrent
plus nombreux que ne me l'avait d'abord fait
espérer mon maître; il ne fut bientôt plus
question d'une simple visite : c'est un séjour
au château de la Quartfourche que, sur la
recommandation de M. Desnos, l'amabilité de
M. Floche me proposait. Bien que sans enfant,
M. et Mme Floche n'y vivaient pas seuls :
quelques mots inconsidérés de M. Desnos, dont
mon imagination s'empara, me firent espérer
de trouver là-bas une société avenante, qui tout
aussitôt m'attira plus que les documents pou-
dreux du Grand Siècle; déjà ma thèse n'était

plus qu'un prétexte; j'entrais dans ce château non plus en scolar, mais en Nejdanof, en Valmont; déjà je le peuplais d'aventures. La Quartfourche! Je répétais ce nom mystérieux : c'est ici, pensais-je, qu'Hercule hésite... Je sais de reste ce qui l'attend sur le sentier de la vertu; mais l'autre route?... l'autre route...

Vers le milieu de septembre, je rassemblai le meilleur de ma modeste garde-robe, renouvelai mon jeu de cravates, et partis.

Quand j'arrivai à la station du Breuil-Blangy, entre Pont-l'Évêque et Lisieux, la nuit était à peu près close. J'étais seul à descendre du train. Une sorte de paysan en livrée vint à ma rencontre, prit ma valise et m'escorta vers la voiture qui stationnait de l'autre côté de la gare. L'aspect du cheval et de la voiture coupa l'essor de mon imagination; on ne pouvait rêver rien de plus minable. Le paysan-cocher repartit pour dégager la malle que j'avais enregistrée; sous ce poids les ressorts de la calèche fléchirent. A l'intérieur, une odeur de poulailler suffocante... Je voulus baisser la vitre de la portière, mais la poignée de cuir me resta dans la main. Il avait plu dans la journée; la route était tirante; au bas de la première côte, une pièce du harnais céda. Le cocher sortit de dessous son siège un bout de corde et se mit en posture de rafistoler le trait. J'avais mis pied à terre et m'offris à tenir la lanterne qu'il venait d'allumer; je pus voir que la livrée du pauvre homme, non plus que le harnachement, n'en était pas à son premier rapiéçage.

— Le cuir est un peu vieux, hasardai-je.

Il me regarda comme si je lui avais dit une injure, et presque brutalement :

— Dites donc : c'est tout de même heureux qu'on ait pu venir vous chercher.

— Il y a loin, d'ici le château? questionnai-je de ma voix la plus douce. Il ne répondit pas directement, mais :

— Pour sûr qu'on ne fait pas le trajet tous les jours! — Puis au bout d'un instant :

— Voilà peut-être bien six mois qu'elle n'est pas sortie, la calèche...

— Ah!... Vos maîtres ne se promènent pas souvent? repris-je par un effort désespéré d'amorcer la conversation.

— Vous pensez! Si l'on n'a pas autre chose à faire!

Le désordre était réparé : d'un geste il m'invita à remonter dans la voiture, qui repartit.

Le cheval peinait aux montées, trébuchait aux descentes et tricotait affreusement en terrain plat; parfois, tout inopinément, il stoppait. — Du train dont nous allons, pensais-je, nous arriverons au Carrefour longtemps après que mes hôtes se seront levés de table; et même (nouvel arrêt du cheval) après qu'ils se seront couchés. J'avais grand-faim; ma bonne humeur tournait à l'aigre. J'essayai de regarder le pays : sans que je m'en fusse aperçu, la voiture avait quitté la grande route et s'était engagée dans une route plus étroite et beaucoup moins bien entretenue; les lanternes n'éclairaient de droite et de gauche qu'une haie continue, touffue et haute; elle semblait nous entourer, barrer la route, s'ouvrir devant nous à l'instant de notre passage puis, aussitôt après se refermer.

Au bas d'une montée plus raide, la voiture s'arrêta de nouveau. Le cocher vint à la portière et l'ouvrit, puis, sans façons :

— Si Monsieur voulait bien descendre. La côte est un peu dure pour le cheval. — Et lui-même fit la montée en tenant par la bride la haridelle. A mi-côte il se retourna vers moi, qui marchais en arrière :

— On est bientôt rendu, dit-il sur un ton radouci. Tenez : voilà le parc. Et je distinguai devant nous, encombrant le ciel découvert, une sombre masse d'arbres. C'était une avenue de grands hêtres, sous laquelle enfin nous entrâmes, et où nous rejoignîmes la première route que nous avions quittée. Le cocher m'invita à remonter dans la voiture, qui parvint bientôt à la grille; nous pénétrâmes dans le jardin.

Il faisait trop sombre pour que je pusse rien distinguer de la façade du château; la voiture me déposa devant un perron de trois marches, que je gravis, un peu ébloui par le flambeau qu'une femme sans âge, sans grâce, épaisse et médiocrement vêtue tenait à la main et dont elle rabattait vers moi la lumière. Elle me fit un salut un peu sec. Je m'inclinai devant elle, incertain...

— Madame Floche, sans doute?...

— Mademoiselle Verdure simplement. Monsieur et Madame Floche sont couchés. Ils vous prient d'excuser s'ils ne sont pas là pour vous recevoir; mais on dîne de bonne heure ici.

— Vous-même, Mademoiselle, je vous aurai fait veiller bien tard.

— Oh! moi, j'y suis faite, dit-elle sans se retourner.

Elle m'avait précédé dans le vestibule. — Vous serez peut-être content de prendre quelque chose?

— Ma foi, je vous avoue que je n'ai pas dîné.

Elle me fit entrer dans une vaste salle à
manger où se trouvait préparé un médianoche
confortable.

— A cette heure, le fourneau est éteint;
et à la campagne il faut se contenter de ce
que l'on trouve.

— Mais tout cela m'a l'air excellent, dis-je
en m'attablant devant un plat de viande froide.
Elle s'assit de biais sur une autre chaise près de la
porte, et, pendant tout le temps que je mangeais,
resta les yeux baissés, les mains croisées sur les
genoux, délibérément subalterne. A plusieurs
reprises, comme la morne conversation retombait, je m'excusai de la retenir; mais elle me
donna à entendre qu'elle attendait que j'eusse
fini pour desservir :

— Et votre chambre, comment feriez-vous
pour la trouver tout seul?...

Je dépêchais et mettais bouchées doubles
lorsque la porte du vestibule s'ouvrit : un abbé
entra, à cheveux gris, de figure rude mais
agréable.

Il vint à moi la main tendue :

— Je ne voulais pas remettre à demain le
plaisir de saluer notre hôte. Je ne suis pas
descendu plus tôt parce que je savais que vous
causiez avec Mademoiselle Olympe Verdure,
dit-il, en tournant vers elle un sourire qui pou-

vait être malicieux, cependant qu'elle pinçait les lèvres et faisait visage de bois : — Mais à présent que vous avez achevé de manger, continuat-il tandis que je me levais de table, nous allons laisser Mademoiselle Olympe remettre ici un peu d'ordre; elle trouvera plus décent, je le présume, de laisser un homme accompagner Monsieur Lacase jusqu'à sa chambre à coucher, et de résigner ici ses fonctions.

Il s'inclina cérémonieusement devant Mlle Verdure, qui lui fit une révérence écourtée.

— Oh! je résigne; je résigne... Monsieur l'abbé, devant vous, vous le savez, je résigne toujours... Puis revenant à nous brusquement : — Vous alliez me faire oublier de demander à Monsieur Lacase ce qu'il prend à son premier déjeuner.

— Mais, ce que vous voudrez, Mademoiselle... Que prend-on d'ordinaire ici?

— De tout. On prépare du thé pour ces dames, du café pour Monsieur Floche, un potage pour Monsieur l'abbé, et du racahout pour Monsieur Casimir.

— Et vous, Mademoiselle, vous ne prenez rien?

— Oh! moi, du café au lait, simplement.

— Si vous le permettez, je prendrai du café au lait avec vous.

— Eh! eh! tenez-vous bien, Mademoiselle
Verdure, dit l'abbé en me prenant le bras —
Monsieur Lacase m'a tout l'air de vous faire
la cour!

Elle haussa les épaules, puis me fit un rapide
salut, tandis que l'abbé m'entraînait.

Ma chambre était au premier étage, presque
à l'extrémité d'un couloir.

— C'est ici, dit l'abbé en ouvrant la porte
d'une pièce spacieuse, qu'illuminait un grand
brasier. — Dieu me pardonne! on vous a fait
du feu!... Vous vous en seriez peut-être bien
passé... Il est vrai que les nuits de ce pays sont
humides, et la saison, cette année, est anorma-
lement pluvieuse...

Il s'était approché du foyer vers lequel il
tendit ses larges paumes tout en écartant le
visage, comme un dévot qui repousse la tenta-
tion. Il semblait disposé à causer plutôt qu'à me
laisser dormir.

— Oui, commença-t-il, en avisant ma malle
et mon sac de nuit, — Gratien vous a monté
vos colis.

— Gratien, c'est le cocher qui m'a conduit?
demandai-je.

— Et c'est aussi le jardinier; car ses fonctions de cocher ne l'occupent guère.

— Il m'a dit en effet que la calèche ne sortait pas souvent.

— Chaque fois qu'elle sort c'est un événement historique. D'ailleurs Monsieur de Saint-Auréol n'a depuis longtemps plus d'écurie; dans les grandes occasions, comme ce soir, on emprunte le cheval du fermier.

— Monsieur de Saint-Auréol? répétai-je, surpris.

— Oui, dit-il, je sais que c'est Monsieur Floche que vous venez voir; mais la Quartfourche appartient à son beau-frère. Demain vous aurez l'honneur d'être présenté à Monsieur et à Madame de Saint-Auréol.

— Et qui est Monsieur Casimir? dont je ne sais qu'une chose, c'est qu'il prend du racahout le matin.

— Leur petit-fils et mon élève. Dieu me permet de l'instruire depuis trois ans. Il avait dit ces mots en fermant les yeux et avec une componction modeste, comme s'il s'était agi d'un prince du sang.

— Ses parents ne sont pas ici? demandai-je.

— En voyage. Il serra les lèvres fortement puis reprit aussitôt:

— Je sais, Monsieur, quelles nobles et saintes études vous amènent...

— Oh! ne vous exagérez pas leur sainteté, interrompis-je aussitôt en riant, c'est en historien seulement qu'elles m'occupent.

— N'importe, fit-il, écartant de la main toute pensée désobligeante; l'histoire a bien aussi ses droits. Vous trouverez en Monsieur Floche le plus aimable et le plus sûr des guides.

— C'est ce que m'affirmait mon maître, Monsieur Desnos.

— Ah! Vous êtes élève d'Albert Desnos? Il serra les lèvres de nouveau. J'eus l'imprudence de demander :

— Vous avez suivi de ses cours?

— Non! fit-il rudement. Ce que je sais de lui m'a mis en garde... C'est un aventurier de la pensée. A votre âge on est assez facilement séduit par ce qui sort de l'ordinaire... Et, comme je ne répondais rien : — Ses théories ont d'abord pris quelque ascendant sur la jeunesse; mais on en revient déjà, m'a-t-on dit.

J'étais beaucoup moins désireux de discuter que de dormir. Voyant qu'il n'obtiendrait pas de réplique :

— Monsieur Floche vous sera de conseil plus tranquille, reprit-il; puis, devant un bâillement que je ne dissimulai point :

— Il se fait assez tard : demain, si vous le permettez, nous trouverons loisir pour reprendre cet entretien. Après ce voyage vous devez être fatigué.

— Je vous avoue, Monsieur l'abbé, que je croule de sommeil.

Dès qu'il m'eut quitté, je relevai les bûches du foyer, j'ouvris la fenêtre toute grande, repoussant les volets de bois. Un grand souffle obscur et mouillé vint incliner la flamme de ma bougie, que j'éteignis pour contempler la nuit. Ma chambre ouvrait sur le parc, mais non sur le devant de la maison comme celles du grand couloir qui devaient sans doute jouir d'une vue plus étendue; mon regard était aussitôt arrêté par des arbres; au-dessus d'eux, à peine restait-il la place d'un peu de ciel où le croissant venait d'apparaître, recouvert par les nuages presque aussitôt. Il avait plu de nouveau; les branches larmoyaient encore...

— Voici qui n'invite guère à la fête, pensai-je, en refermant fenêtre et volets. Cette minute de contemplation m'avait transi, et l'âme encore plus que la chair; je rabattis les bûches, ranimai le feu, et fus heureux de trouver dans mon lit une cruche d'eau chaude, que sans doute l'attentionnée Mlle Verdure y avait glissée.

Au bout d'un instant je m'avisai que j'avais

oublié de mettre à la porte mes chaussures.
Je me relevai et sortis un instant dans le couloir;
à l'autre extrémité de la maison, je vis passer
Mlle Verdure. Sa chambre était au-dessus de la
mienne, comme me l'indiqua son pas lourd qui,
peu de temps après, commença d'ébranler le
plafond. Puis il se fit un grand silence et, tandis
que je plongeais dans le sommeil, la maison
leva l'ancre pour la traversée de la nuit.

II

Je fus réveillé d'assez bon matin par les bruits
de la cuisine dont une porte ouvrait précisément
sous ma fenêtre. En poussant mes volets j'eus la
joie de voir un ciel à peu près pur; le jardin,
mal ressuyé d'une récente averse, brillait; l'air
était bleuissant. J'allais refermer ma fenêtre,
lorsque je vis sortir du potager et accourir
vers la cuisine un grand enfant, d'âge incertain
car son visage marquait trois ou quatre ans
de plus que son corps; tout contrefait, il portait
de guingois : ses jambes torses lui donnaient
une allure extraordinaire : il avançait obliquement, ou plutôt procédait par bonds, comme si,
à marcher pas à pas, ses pieds eussent dû s'en-
traver... C'était évidemment l'élève de l'abbé,
Casimir. Un énorme chien de Terre-Neuve
gambadait à ses côtés, sautait de conserve avec
lui, lui faisait fête; l'enfant se défendait tant
bien que mal contre sa bousculante exubérance;

mais au moment qu'il allait atteindre la cuisine,
culbuté par le chien, soudain je le vis rouler
dans la boue. Une maritorne épaisse s'élança,
et tandis qu'elle relevait l'enfant :

— Ah ben! vous v'là beau! Si c'est Dieu
permis de s'met' dans des états pareils! On
vous l'a pourtant répété bien des fois d'quitter
l'Terno dans la remise!... Allons! v'nez vous-en
par ici qu'on vous essuie...

Elle l'entraîna dans la cuisine. A ce moment
j'entendis frapper à ma porte; une femme de
chambre m'apportait de l'eau chaude pour ma
toilette. Un quart d'heure après, la cloche
sonna pour le déjeuner.

Comme j'entrais dans la salle à manger :

— Madame Floche, je crois que voici notre
aimable hôte, dit l'abbé en s'avançant à ma
rencontre.

Mme Floche s'était levée de sa chaise, mais
ne paraissait pas plus grande debout qu'assise;
je m'inclinai profondément devant elle; elle
m'honora d'un petit plongeon brusque; elle
avait dû recevoir à un certain âge quelque
formidable événement sur la tête; celle-ci en
était restée irrémédiablement enfoncée entre les
épaules; et même un peu de travers. M. Floche
s'était mis tout à côté d'elle pour me tendre la

main. Les deux petits vieux étaient exactement
de même taille, de même habit, paraissaient
de même âge, de même chair... Durant quelques
instants nous échangeâmes des compliments
vagues, parlant tous les trois à la fois. Puis, il y
eut un noble silence, et Mlle Verdure arriva
portant la théière.

— Mademoiselle Olympe, dit enfin Mme Floche, qui, ne pouvant tourner la tête, s'adres-
sait à vous de tout le buste. — Mademoiselle
Olympe, notre amie, s'inquiétait beaucoup de
savoir si vous aviez bien dormi et si le lit était
à votre convenance.

Je protestai que j'y avais reposé on ne pouvait
mieux et que la cruche chaude que j'y avais
trouvée en me couchant m'avait fait tout le
bien du monde.

Mlle Verdure, après m'avoir souhaité le
bonjour, ressortit.

— Et, le matin, les bruits de la cuisine ne vous
ont pas trop incommodé?

Je renouvelai mes protestations.

— Il faut vous plaindre, je vous en prie,
parce que rien ne serait plus aisé que de vous
préparer une autre chambre...

M. Floche, sans rien dire lui-même, hochait
la tête obliquement et, d'un sourire, faisait
sien chaque propos de sa femme.

— Je vois bien, dis-je, que la maison est très vaste; mais je vous certifie que je ne saurais être installé plus agréablement.

— Monsieur et Madame Floche, dit l'abbé, se plaisent à gâter leurs hôtes.

Mlle Olympe apportait sur une assiette des tranches de pain grillé; elle poussa devant elle le petit stropiat que j'avais vu culbuter tout à l'heure. L'abbé le saisit par le bras :

— Allons, Casimir! Vous n'êtes plus un bébé; venez saluer Monsieur Lacase comme un homme. Tendez la main... Regardez en face!... Puis se tournant vers moi comme pour l'excuser : — Nous n'avons pas encore grand usage du monde...

La timidité de l'enfant me gênait :

— C'est votre petit-fils? demandai-je à Mme Floche, oublieux des renseignements que l'abbé m'avait fournis la veille.

— Notre petit-neveu, répondit-elle; vous verrez un peu plus tard mon beau-frère et ma sœur, ses grands-parents.

— Il n'osait pas rentrer parce qu'il avait empli de boue ses vêtements en jouant avec Terno, expliqua Mlle Verdure.

— Drôle de façon de jouer, dis-je, en me tournant affablement vers Casimir; j'étais à la

fenêtre quand il vous a culbuté... Il ne vous a
pas fait mal?

— Il faut dire à Monsieur Lacase, expliqua
l'abbé à son tour, que l'équilibre n'est pas
notre fort...

Parbleu! je m'en apercevais de reste, sans
qu'il fût nécessaire de me le signaler. Ce grand
gaillard d'abbé, aux yeux vairons, me devint
brusquement antipathique.

L'enfant ne m'avait pas répondu, mais son
visage s'était empourpré. Je regrettai ma phrase
et qu'il y eût pu sentir quelque allusion à son
infirmité. L'abbé, son potage pris, s'était levé
de table et arpentait la pièce; dès qu'il ne
parlait plus, il gardait les lèvres si serrées que
celle de dessus formait un bourrelet, comme
celle des vieillards édentés. Il s'arrêta derrière
Casimir, et comme celui-ci vidait son bol :

— Allons! Allons, jeune homme, Avenzoar nous
attend!

L'enfant se leva; tous deux sortirent.

Sitôt que le déjeuner fut achevé, M. Floche
me fit signe.

— Venez avec moi dans le jardin, mon jeune
hôte, et me donnez des nouvelles du Paris
penseur.

Le langage de M. Floche fleurissait dès
l'aube. Sans trop écouter mes réponses, il me
questionna sur Gaston Boissier son ami, et
sur plusieurs autres savants que je pouvais avoir
eus pour maîtres et avec qui il correspondait
encore de loin en loin; il s'informa de mes goûts,
de mes études... Je ne lui parlai naturellement
pas de mes projets littéraires et ne laissai voir
de moi que le sorbonnien; puis il entreprit
l'histoire de la Quartfourche, dont il n'avait à
peu près pas bougé depuis près de quinze ans,
l'histoire du parc, du château; il réserva pour
plus tard l'histoire de la famille qui l'habitait
précédemment, mais commença de me raconter comment il se trouvait en possession des
manuscrits du xviie siècle qui pouvaient intéresser ma thèse... Il marchait à petits pas pres-
sés, ou, plus exactement, il trottinait auprès
de moi; je remarquai qu'il portait son pantalon
si bas que la fourche en restait à mi-cuisse; sur
le devant du pied, l'étoffe retombait en nombreux plis, mais par-derrière restait au-dessus
de la chaussure, suspendue à l'aide de je ne
sais quel artifice; je ne l'écoutais plus que d'une
oreille distraite, l'esprit engourdi par la molle
tiédeur de l'air et par une sorte de torpeur
végétale.

En suivant une allée de très hauts marronniers qui formaient voûte au-dessus de nos têtes, nous étions parvenus presque à l'extrémité du parc. Là, protégé contre le soleil par un buisson d'arbres-à-plumes, se trouvait un banc où M. Floche m'invita à m'asseoir. Puis tout à coup :

— L'abbé Santal vous a-t-il dit que mon beau-frère est un peu...? Il n'acheva pas, mais se toucha le front de l'index.

Je fus trop interloqué pour pouvoir trouver rien à répondre. Il continua :

— Oui, le baron de Saint-Auréol, mon beau-frère; l'abbé ne vous l'a peut-être pas dit plus qu'à moi... mais je sais néanmoins qu'il le pense; et je le pense aussi... Et de moi, l'abbé ne vous a pas dit que j'étais un peu...?

— Oh! Monsieur Floche, comment pouvez-vous croire?...

— Mais, mon jeune ami, dit-il en me tapant familièrement sur la main, je trouverais cela tout naturel. Que voulez-vous? nous avons pris ici des habitudes, à nous enfermer loin du monde, un peu... en dehors de la circulation. Rien n'apporte ici de... diversion; comment dirais-je? oui. Vous êtes bien aimable d'être venu nous voir — et comme j'essayais un geste : — je le répète : bien aimable, et je le récrirai ce soir à mon excellent ami Desnos; m~

vous vous aviseriez de me raconter ce qui vous
tient au cœur, les questions qui vous troublent,
les problèmes qui vous intéressent... je suis sûr
que je ne vous comprendrais pas.

Que pouvais-je répondre? Du bout de ma
canne je grattais le sable...

— Voyez-vous, reprit-il, ici nous avons un
peu perdu le contact. Mais non, mais non!
ne protestez donc pas; c'est inutile. Le baron
est sourd comme une calebasse; mais il est si
coquet qu'il tient surtout à ne pas le paraître;
il feint d'entendre plutôt que de faire hausser
la voix. Pour moi, quant aux idées du jour, je
me fais l'effet d'être tout aussi sourd que lui;
et du reste je ne m'en plains pas. Je ne fais
même pas grand effort pour entendre. A fré-
quenter Massillon et Bossuet, j'ai fini par croire
que les problèmes qui tourmentaient ces grands
esprits sont tout aussi beaux et importants que
ceux qui passionnaient ma jeunesse... problèmes que ces grands esprits n'auraient pas
pu comprendre sans doute... non plus que moi
je ne puis comprendre ceux qui vous pas-
sionnent aujourd'hui... Alors, si vous le voulez
bien, mon futur collègue, vous me parlerez de
préférence de vos études, puisque ce sont les
miennes également, et vous m'excuserez si je
ne vous interroge pas sur les musiciens, les

poètes, les orateurs que vous aimez, ni sur la
forme de gouvernement que vous croyez la
préférable.

Il regarda l'heure à un oignon attaché à
un ruban noir :

— Rentrons à présent, dit-il en se levant. Je
crois avoir perdu ma journée quand je ne
suis pas au travail à dix heures.

Je lui offris mon bras qu'il accepta, et comme,
à cause de lui, parfois, je ralentissais mon allure :

— Pressons ! Pressons ! me disait-il. Les pensées sont comme les fleurs, celles qu'on cueille
le matin se conservent le plus longtemps fraîches.

La bibliothèque de la Quartfourche est
composée de deux pièces que sépare un simple
rideau : une, très exiguë et surhaussée de trois
marches, où travaille M. Floche, à une table
devant une fenêtre. Aucune vue; des rameaux
d'orme ou d'aulne viennent battre les carreaux;
sur la table, une antique lampe à réservoir, que
coiffe un abat-jour de porcelaine vert; sous la
table, une énorme chancelière; un petit poêle
dans un coin, dans l'autre coin, une seconde
table, chargée de lexiques; entre deux, une
armoire aménagée en cartonnier. La seconde
pièce est vaste; des livres tapissent le mur
jusqu'au plafond; deux fenêtres; une grande
table au milieu de la pièce.

— C'est ici que vous vous installerez, me
dit M. Floche; — et, comme je me récriais :

— Non, non; moi, je suis accoutumé au
réduit; à dire vrai, je m'y sens mieux; il me
semble que ma pensée s'y concentre. Occupez
la grande table sans vergogne; et, si vous y
tenez, pour que nous ne nous dérangions pas,
nous pourrons baisser le rideau.

— Oh! pas pour moi, protestai-je; jusqu'à
présent, si pour travailler j'avais eu besoin de
solitude, je ne...

— Eh bien! reprit-il en m'interrompant, nous
le laisserons donc relevé. J'aurai, pour ma part,
grand plaisir à vous apercevoir du coin de
l'œil. (Et, de fait, les jours suivants, je ne levais
point la tête de dessus mon travail sans rencontrer le regard du bonhomme, qui me souriait
en hochant la tête, ou qui, vite, par crainte de
m'importuner, détournait les yeux et feignait
d'être plongé dans sa lecture.)

Il s'occupa tout aussitôt de mettre à ma facile
disposition les livres et les manuscrits qui pouvaient m'intéresser; la plupart se trouvaient
serrés dans le cartonnier de la petite pièce;
leur nombre et leur importance dépassait tout
ce que m'avait annoncé M. Desnos; il m'allait
falloir au moins une semaine pour relever les
précieuses indications que j'y trouverais. Enfin

M. Floche ouvrit, à côté du cartonnier, une
très petite armoire et en sortit la fameuse
Bible de Bossuet, sur laquelle l'Aigle de Meaux
avait inscrit, en regard des versets pris pour
textes, les dates des sermons qu'ils avaient ins-
pirés. Je m'étonnai qu'Albert Desnos n'eût
pas tiré parti de ces indications dans ses travaux; mais ce livre n'était tombé que depuis
peu entre les mains de M. Floche.

— J'ai bien entrepris, continua-t-il, un mémoire à son sujet; et je me félicite aujourd'hui
de n'en avoir encore donné connaissance à
personne, puisqu'il pourra servir à votre thèse
en toute nouveauté!

Je me défendis de nouveau :

— Tout le mérite de ma thèse, c'est à votre
obligeance que je le devrai. Au moins en
accepterez-vous la dédicace, Monsieur Floche,
comme une faible marque de ma reconnaissance?

Il sourit un peu tristement :

— Quand on est si près de quitter la terre,
on sourit volontiers à tout ce qui promet
quelque survie.

Je crus malséant de surenchérir à mon tour.

— A présent, reprit-il, vous allez prendre
possession de la bibliothèque, et vous ne vous
souviendrez de ma présence que si vous avez

quelque renseignement à me demander. Emportez les papiers qu'il vous faut... Au revoir !...
et comme en descendant les trois marches, je
retournais vers lui mon sourire, il agita sa main
devant ses yeux : — A tantôt !

J'emportai dans la grande pièce les quelques
papiers qui devaient faire l'objet de mon
premier travail. Sans m'écarter de la table
devant laquelle j'étais assis, je pouvais distinguer M. Floche dans sa portioncule : il s'agita
quelques instants; ouvrant et refermant des
tiroirs, sortant des papiers, les rentrant, faisant
mine d'homme affairé... Je soupçonnais en
vérité qu'il était fort troublé, sinon gêné par ma
présence et que, dans cette vie si rangée, le
moindre ébranlement risquait de compromettre
l'équilibre de la pensée. Enfin il s'installa,
plongea jusqu'à mi-jambes dans la chancelière,
ne bougea plus...

De mon côté je feignais de m'absorber dans
mon travail; mais j'avais grand-peine à tenir
en laisse ma pensée; et je n'y tâchais même pas;
elle tournait autour de la Quartfourche, ma
pensée, comme autour d'un donjon dont il faut
découvrir l'entrée. Que je fusse subtil, c'est
ce dont il m'importait de me convaincre.

Romancier, mon ami, me disais-je, nous allons
donc te voir à l'œuvre. Décrite! Ah, fi! ce
n'est pas de cela qu'il s'agit, mais bien de
découvrir la réalité sous l'aspect... En ce court
laps de temps qu'il t'est permis de séjourner à
la Quartfourche, si tu laisses passer un geste,
un tic sans t'en pouvoir donner bientôt l'expli-
cation psychologique, historique et complète,
c'est que tu ne sais pas ton métier.

Alors je reportais mes yeux sur M. Floche;
il s'offrait à moi de profil; je voyais un grand
nez mou, inexpressif, des sourcils buissonnants,
un menton ras sans cesse en mouvement comme
pour mâcher une chique... et je pensais que
rien ne rend plus impénétrable un visage que le
masque de la bonté.

La cloche du second déjeuner me surprit au
milieu de ces réflexions.

III

C'est à ce déjeuner que, sans précaution oratoire, brusquement, M. Floche m'amena en présence du ménage Saint-Auréol. L'abbé du moins, la veille au soir, aurait bien pu m'avertir. Je me souviens d'avoir éprouvé la même stupeur, jadis, quand, pour la première fois, au Jardin des Plantes, je fis connaissance avec le *phœnicopterus antiquorum* ou flamant à spatule [1]. Du baron ou de la baronne je n'aurais su dire lequel était le plus baroque; ils formaient un couple parfait; tout comme les deux Floche, du reste : au Museum on les eût mis sous vitrine l'un contre l'autre sans hésiter; près des « espèces disparues ». J'éprouvai devant eux d'abord cette sorte d'admiration confuse qui, devant les œuvres d'art accompli ou devant les mer-

---

[1]. Gérard fait erreur : *phœnicopterus antiquorum* n'a pas le bec en spatule.

veilles de la Nature, nous laisse, aux premiers instants, stupides et incapables d'analyse. Ce n'est que lentement que je parvins à décomposer mon impression...

Le baron Narcisse de Saint-Auréol portait culottes courtes, souliers à boucle très apparente, cravate de mousseline et jabot. Une pomme d'Adam, aussi proéminente que le menton, sortait de l'échancrure du col et se dissimulait de son mieux sous un bouillon de mousseline; le menton, au moindre mouvement de la mâchoire faisait un extraordinaire effort pour rejoindre le nez qui, de son côté, y mettait de la complaisance. Un œil restait hermétiquement clos; l'autre, vers qui remontait le coin de la lèvre et tendaient tous les plis du visage, brillait clair, embusqué derrière la pommette et semblait dire : Attention! je suis seul, mais rien ne m'échappe.

Mme de Saint-Auréol disparaissait toute dans un flot de fausses dentelles. Tapies au fond des manches frissonnantes, tremblaient ses longues mains, chargées d'énormes bagues. Une sorte de capote en taffetas noir doublé de lambeaux de dentelles blanches enveloppait tout le visage; sous le menton se nouaient deux brides de taffetas, blanchies par la poudre que le visage effroyablement fardé laissait choir. Quand je fus entré, elle se campa devant moi de profil, rejeta la tête en arrière, et, d'une voix de tête assez forte et non infléchie :

— Il y eut un temps, ma sœur, où l'on témoignait au nom de Saint-Auréol plus d'égards...

A qui en avait-elle? Sans doute tenait-elle à me faire sentir, et à faire sentir à sa sœur, que je n'étais pas ici chez les Floche; car elle continua, inclinant la tête de côté, minaudière, et levant vers moi sa main droite :

— Le baron et moi, nous sommes heureux, Monsieur, de vous recevoir à notre table.

Je donnai de la lèvre contre une bague, et me relevai du baise-main en rougissant, car ma position entre les Saint-Auréol et les Floche s'annonçait gênante. Mais Mme Floche ne semblait avoir prêté aucune attention à la sortie de sa sœur. Quant au baron, sa réalité me paraissait problématique, bien qu'il fît avec moi l'aimable et le sucré. Durant tout mon séjour à la Quartfourche, on ne put le persuader de m'appeler autrement que Monsieur de Las Cases; ce qui lui permettait d'affirmer qu'il avait beaucoup vu mes parents aux Tuileries... un mien oncle principalement qui faisait avec lui son piquet :

— Ah! C'était un original! Chaque fois qu'il abattait atout, il criait très fort : Domino!...

Les propos du baron étaient à peu près tous de cette envergure. A table il n'y avait presque que lui qui parlât; puis, sitôt après le repas, il s'enfermait dans un silence de momie.

Au moment que nous quittions la salle à manger, Mme Floche s'approcha de moi, et, à voix basse :

— Peut-être, Monsieur Lacase sera-t-il assez aimable pour m'accorder un petit entretien?

— Entretien qu'elle ne voulait pas, apparemment, qu'on entendît, car elle commença par m'entraîner du côté du jardin potager, en disant très haut qu'elle voulait me montrer les espaliers.

— C'est au sujet de mon petit-neveu, commença-t-elle dès qu'elle fut assurée que l'on ne pouvait nous entendre... Je ne voudrais pas vous paraître critiquer l'enseignement de l'abbé Santal... mais, vous qui plongez aux sources mêmes de l'instruction (ce fut sa phrase), vous pourrez peut-être nous être de bon conseil.

— Parlez, Madame; mon dévouement vous est acquis.

— Voici : je crains que le sujet de sa thèse pour un enfant si jeune encore, ne soit un peu spécial.

— Quelle thèse? fis-je, légèrement inquiet.

— La thèse pour son baccalauréat.

— Ah! parfaitement, — résolu désormais à ne m'étonner plus de rien. — Sur quel sujet? repris-je.

— Voici : Monsieur l'abbé craint que les sujets littéraires ou proprement philosophiques ne flattent le vague d'un jeune esprit déjà trop enclin à la rêverie... (c'est du moins ce que trouve Monsieur l'abbé). Il a donc poussé Casimir à choisir un sujet d'histoire.

— Mais, Madame, voici qui peut très bien se défendre. Et le sujet choisi c'est?

— Excusez-moi; j'ai peur d'estropier le nom... : Averrhoès.

— Monsieur l'abbé a sans doute eu ses raisons pour choisir ce sujet, qui, à première vue, peut en effet paraître un peu particulier.

— Ils l'ont choisi tous deux ensemble. Quant aux raisons que l'abbé fait valoir, je suis prête à m'y ranger : Ce sujet présente, m'a-t-il dit, un intérêt anecdotique particulièrement propre à fixer l'attention de Casimir, qui est souvent un peu flottante : puis (et il paraît que ces Messieurs les examinateurs attachent à cela la plus grande importance) le sujet n'a jamais été traité.

— Il ne me souvient pas en effet...

— Et naturellement, pour trouver un sujet

qui n'ait encore jamais été traité, on est forcé
de chercher un peu en dehors des chemins
battus.

— Évidemment!

— Seulement je vais vous avouer ma crainte...
mais j'abuse peut-être?

— Madame, je vous supplie de croire que
ma bonne volonté et mon désir de vous servir
sont inépuisables.

— Eh bien! voici : je ne mets pas en doute
que Casimir ne soit à même bientôt de passer
sa thèse assez brillamment, mais je crains que,
par désir de spécialiser... par désir un peu pré-
maturé... l'abbé ne néglige un peu l'instruction
générale, le calcul par exemple, ou l'astro-
nomie...

— Que pense Monsieur Floche de tout cela?
demandai-je éperdu.

— Oh! Monsieur Floche approuve tout ce
que fait et ce que dit l'abbé.

— Les parents?

— Ils nous ont confié l'enfant, dit-elle après
une hésitation légère; puis, s'arrêtant de marcher :

— Par effet de votre complaisance, cher
Monsieur Lacase, j'aurais aimé que vous causiez avec Casimir, pour vous rendre compte;
sans avoir l'air de l'interroger directement... et

surtout pas devant Monsieur l'abbé qui pourrait en prendre quelque ombrage. Je suis sûre
qu'ainsi vous pourriez...

— Le plus volontiers du monde, Madame.
Il ne me sera sans doute pas difficile de trouver
un prétexte pour sortir avec votre petit-neveu.
Il me fera visiter quelque endroit du parc...

— Il se montre d'abord un peu timide
avec ceux qu'il ne connaît pas encore, mais sa
nature est confiante.

— Je ne mets pas en doute que nous ne deve-
nions promptement bons amis.

Un peu plus tard, le goûter nous ayant de
nouveau rassemblés :

— Casimir, tu devrais montrer la carrière
à Monsieur Lacase ; je suis sûre que cela l'in-
téressera. — Puis s'approchant de moi :

— Partez vite avant que l'abbé ne descende ;
il voudrait vous accompagner.

Je ressortis aussitôt dans le parc ; l'enfant
clopin-clopant me guidait.

— C'est l'heure de la récréation, commen-
çai-je.

Il ne répondit rien. Je repris :

— Vous ne travaillez jamais après goûter ?

— Oh ! si ; mais aujourd'hui je n'avais plus
rien à copier.

— Qu'est-ce que vous copiez ainsi ?

— La thèse.

— Ah!... Après quelques tâtonnements je
parvins à comprendre que cette thèse était
un travail de l'abbé, que l'abbé faisait remettre
au net et copier par l'enfant dont l'écriture était
correcte. Il en tirait quatre grosses, dans quatre
cahiers cartonnés dont chaque jour il noircissait
quelques pages. Casimir m'affirma du reste
qu'il se plaisait beaucoup à « copier ».

— Mais pourquoi quatre fois?

— Parce que je retiens difficilement.

— Vous comprenez ce que vous écrivez?

— Quelquefois. D'autres fois l'abbé m'ex-
plique; ou bien il dit que je comprendrai quand
je serai plus grand.

L'abbé avait tout bonnement fait de son
élève une manière de secrétaire-copiste. Est-ce
ainsi qu'il entendait ses devoirs? Je sentais
mon cœur se gonfler et me proposai d'avoir
incessamment avec lui une conversation tragique.
L'indignation m'avait fait presser le pas
inconsciemment; Casimir prenait peine à
me suivre; je m'aperçus qu'il était en nage.
Je lui tendis une main qu'il garda dans la
sienne, clopinant à côté de moi tandis que je
ralentissais mon allure.

— C'est votre seul travail, cette thèse?

— Oh! non, fit-il aussitôt, mais, en poussant

plus loin mes questions, je compris que le reste
se réduisait à peu de chose; et sans doute fut-il
sensible à mon étonnement :

— Je lis beaucoup, ajouta-t-il, comme un
pauvre dirait : j'ai d'autres habits!

— Et qu'est-ce que vous aimez lire?

— Les grands voyages; puis tournant vers
moi un regard où déjà l'interrogation faisait
place à la confiance :

— L'abbé, lui, a été en Chine; vous saviez?...
et le ton de sa voix exprimait pour son maître
une admiration, une vénération sans limites.

Nous étions parvenus à cet endroit du parc
que Mme Floche appelait « la carrière »; abandonnée depuis longtemps, elle formait à flanc
de coteau une sorte de grotte dissimulée derrière
les broussailles. Nous nous assîmes sur un
quartier de roche que tiédissait le soleil déjà
bas. Le parc s'achevait là sans clôture; nous
avions laissé à notre gauche un chemin qui
descendait obliquement et que coupait une
petite barrière; le dévalement, partout ailleurs
assez abrupt, servait de protection naturelle.

— Vous, Casimir, avez-vous déjà voyagé?
demandai-je.

Il ne répondit pas; baissa le front... A nos
pieds le vallon s'emplissait d'ombre; déjà le
soleil touchait la colline qui fermait le paysage

devant nous. Un bosquet de châtaigniers et de chênes y couronnait un tertre crayeux criblé des trous d'une garenne; le site un peu romantique tranchait sur la mollesse uniforme de la contrée.

— Regardez les lapins, s'écria tout à coup Casimir; puis, au bout d'un instant, il ajouta, indiquant du doigt le bosquet :

— Un jour, avec Monsieur l'abbé, j'ai monté là.

En rentrant nous passâmes auprès d'une mare couverte de conferves. Je promis à Casimir de lui apprêter une ligne et de lui montrer comment on pêchait les grenouilles.

Cette première soirée, qui ne se prolongea guère au-delà de neuf heures, ne différa point de celles qui suivirent, ni, je pense, de celles qui l'avaient précédée, car, pour moi, mes hôtes eurent le bon goût de ne se point mettre en dépense. Sitôt après dîner, nous rentrions dans le salon où, pendant le repas, Gratien avait allumé du feu. Une grande lampe, posée à l'extrémité d'une table de marqueterie, éclairait à la fois la partie de jacquet que le baron engageait avec l'abbé à l'autre extrémité de la table, et le guéridon où ces dames menaient une sorte de bésigue oriental et mouvementé.

— Monsieur Lacase qui est habitué aux dis-

tractions de Paris va sans doute trouver notre
amusement un peu terne... avait d'abord dit
Mme de Saint-Auréol. — Cependant, M. Floche,
au coin du feu, somnolait dans une bergère;
Casimir, les coudes sur la table, la tête entre
les mains, lèvre tombante et salivant, progressait
dans un « Tour du Monde ». — Par contenance et politesse j'avais fait mine de prendre vif
intérêt au bésigue de ces dames; on le pouvait
mener, comme le whist, avec un mort, mais on
le jouait de préférence à quatre, de sorte
que Mme de Saint-Auréol, avec empressement,
m'avait accepté pour partenaire dès que je
m'étais proposé. Les premiers soirs, mes impairs
firent la ruine de notre camp et mirent en joie
Mme Floche qui, après chaque victoire, se permettait sur mon bras une discrète taloche de
sa maigre main mitainée. Il y avait des témé-
rités, des ruses, des délicatesses. Mlle Olympe
jouait un jeu serré, concerté. Au début de
chaque partie, on pointait, on hasardait la
surenchère selon le jeu que l'on avait; cela
laissait un peu de marge au bluff; Mme de
Saint-Auréol s'aventurait effrontément, les yeux
luisants, les pommettes vermeilles et le menton
frémissant; quand elle avait vraiment beau jeu,
elle me lançait un grand coup de pied sous la
table; Mlle Olympe essayait de lui tenir tête,

mais elle était désarçonnée par la voix aiguë
de la vieille qui tout à coup, au lieu d'un
nouveau chiffre, criait :

— Verdure, vous mentez!

A la fin de la première partie, Mme Floche
tirait sa montre, et, comme si, précisément,
c'était l'heure :

— Casimir! Allons, Casimir; il est temps.

L'enfant semblait sortir péniblement de
léthargie, se levait, tendait aux Messieurs sa
main molle, à ces dames son front, puis sortait
en traînant un pied.

Tandis que Mme de Saint-Auréol nous invi-
tait à la revanche, le premier jacquet finissait;
parfois alors M. Floche prenait la place de son
beau-frère; ni M. Floche, ni l'abbé n'annon-
çaient les coups; on n'entendait de leur côté
que le roulement des dés dans le cornet et sur
la table; M. de Saint-Auréol dans la bergère
monologuait ou chantonnait à demi-voix, et
parfois, tout à coup, flanquait un énorme
coup de pincette au travers du feu, si imperti-
nemment qu'il en éclaboussait au loin la
braise; Mlle Olympe accourait précipitamment
et exécutait sur le tapis ce que Mme de Saint-
Auréol appelait élégamment « la danse des
étincelles ». Le plus souvent M. Floche laissait
le baron aux prises avec l'abbé et ne quittait

pas son fauteuil ; de ma place je pouvais le voir, non point dormant comme il disait, mais hochant la tête dans l'ombre; et le premier soir, un sursaut de flamme ayant éclairé brusquement son visage, je pus distinguer qu'il pleurait.

A neuf heures et quart, le bésigue terminé, Mme Floche éteignait la lampe, tandis que Mlle Verdure allumait deux flambeaux qu'elle posait des deux côtés du jacquet.

— L'abbé, ne le faites pas veiller trop tard, recommandait Mme de Saint-Auréol en donnant un coup d'éventail sur l'épaule de son mari.

J'avais cru décent, dès le premier soir, d'obéir au signal de ces dames, laissant aux prises les jacqueteurs et à sa méditation M. Floche qui ne montait que le dernier. Dans le vestibule, chacun se saisissait d'un bougeoir; ces dames me souhaitaient le bonsoir qu'elles accompagnaient des mêmes révérences que le matin. Je rentrais dans ma chambre; j'entendais bientôt monter ces Messieurs. Bientôt tout se taisait. Mais de la lumière filtrait encore longtemps sous certaines portes. Mais plus d'une heure après si, pressé par quelque besoin, l'on sortait dans le corridor, l'on risquait d'y rencontrer Mme Floche ou Mlle Verdure, en toilette de nuit, vaquant à de derniers rangements. Plus

tard encore, et quand on eût cru tout éteint,
au carreau d'un petit cagibi qui prenait jour
mais non accès sur le couloir, on pouvait voir,
à son ombre chinoise, Mme de Saint-Auréol
ravauder.

IV

Ma seconde journée à la Quartfourche fut
très sensiblement pareille à la première; d'heure
en heure; mais la curiosité que d'abord j'avais
pu avoir quant aux occupations de mes hôtes
était complètement retombée. Une petite pluie
fine emplissait le ciel depuis le matin. La promenade devenant impossible, la conversation de
ces dames se faisant de plus en plus insigni-
fiante, j'occupai donc au travail à peu près
toutes les heures du jour. A peine pus-je échan-
ger quelques propos avec l'abbé; c'était après
le déjeuner; il m'invita à venir fumer une
cigarette à quelques pas du salon, dans une
sorte de hangar vitré que l'on appelait un peu
pompeusement : l'orangerie, où l'on avait rentré
pour la mauvaise saison les quelques bancs et
chaises du jardin.

— Mais, cher Monsieur, dit-il, lorsqu'un peu

nerveusement j'abordai la question de l'édu-
cation de l'enfant, —je n'aurais pas demandé
mieux que d'éclairer Casimir de toutes mes
faibles lumières; ce n'est pas sans regrets que
j'ai dû y renoncer. Est-ce que, claudicant comme
il est, vous m'approuveriez si j'allais me mettre
en tête de le faire danser sur la corde roide?
J'ai vite dû rétrécir mes visées. S'il s'occupe
avec moi d'Averrhoès, c'est parce que je me
suis chargé d'un travail sur la philosophie
d'Aristote et que, plutôt que d'ânonner avec
l'enfant sur je ne sais quels rudiments, j'ai pris
quelque plaisir de cœur à l'entraîner dans mon
travail. Autant ce sujet-là qu'un autre; l'im-
portant c'est d'occuper Casimir trois ou quatre
heures par jour; aurais-je pu me défendre d'un
peu d'aigreur s'il avait dû me faire perdre le
même temps? et sans profit pour lui, je vous
le certifie... Suffit sur ce sujet, n'est-ce pas.
— Là-dessus jetant la cigarette qu'il avait laissé
éteindre, il se leva pour rentrer dans le salon.

Le mauvais temps m'empêchait de sortir avec
Casimir; nous dûmes remettre au lendemain la
partie de pêche projetée; mais, devant la décep-
tion de l'enfant, je m'ingéniai à lui procurer
quelque autre plaisir; ayant mis la main sur
un échiquier, je lui appris le jeu des poules et
du renard, qui le passionna jusqu'au souper.

La soirée commença toute pareille à la précédente; mais déjà je n'écoutais ni ne regardais plus personne; un ennui sans nom commençait de peser sur moi.

Sitôt après dîner, il s'éleva une espèce de rafale; à deux reprises Mlle Verdure interrompit le bésigue pour aller voir dans les chambres d'en haut « si la pluie ne chassait pas ». Nous dûmes prendre la revanche sans elle; le jeu manquait d'entrain. Au coin du feu, dans un fauteuil bas qu'on appelait communément « la berline », M. Floche, bercé par le bruit de l'averse, s'était positivement endormi : dans la bergère, le baron qui lui faisait face se plaignait de ses rhumatismes et grognonnait.

— La partie de jacquet vous distrairait, répétait vainement l'abbé qui, faute d'adversaire, finit par se retirer, emmenant coucher Casimir.

Quand, ce soir-là, je me retrouvai seul dans ma chambre, une angoisse intolérable m'étreignit l'âme et le corps; mon ennui devenait presque de la peur. Un mur de pluie me séparait du reste du monde, loin de toute passion, loin de la vie, m'enfermait dans un cauchemar gris, parmi d'étranges êtres à peine humains, à sang froid, décolorés et dont le cœur depuis longtemps ne battait plus. J'ouvris ma valise

et saisis mon indicateur : Un train! A quelque
heure que ce soit, du jour ou de la nuit... qu'il
m'emporte! J'étouffe ici...

L'impatience empêcha longtemps mon sommeil.

Lorsque je m'éveillai le lendemain, ma déci-
sion n'était peut-être pas moins ferme, mais il
ne me paraissait plus possible de fausser politesse à mes hôtes et de partir sans inventer
quelque excuse à l'étranglement de mon séjour.
N'avais-je pas imprudemment parlé de m'attarder une semaine au moins à la Quartfourche!
Bah! de mauvaises nouvelles me rappelleront
brusquement à Paris... Heureusement j'avais
donné mon adresse; on devait me renvoyer à la
Quartfourche tout mon courrier; c'est bien
miracle, pensai-je, s'il ne me parvient pas dès
aujourd'hui n'importe quelle enveloppe dont je
puisse habilement me servir... et je reportai
mon espoir dans l'arrivée du facteur. Celui-ci
s'amenait peu après midi, à l'heure où finissait
le déjeuner; nous ne nous serions pas levés de
table avant que Delphine n'eût apporté à
Mme Floche le maigre paquet de lettres et
d'imprimés qu'elle distribuait aux convives.
Par malheur il arriva que ce jour-là l'abbé
Santal était convié à déjeuner par le doyen de
Pont-L'Évêque; vers onze heures il vint prendre

congé de M. Floche et de moi qui ne m'avisai
pas aussitôt qu'il me soufflait ainsi cheval et
carriole.

Au déjeuner je jouai donc la petite comédie
que j'avais préméditée :

— Allons bon! Quel ennui!... murmurai-je
un ouvrant une des enveloppes que m'avait
tendues Mme Floche; et comme, par discrétion,
aucun de mes hôtes ne relevait mon exclamation, je repris de plus belle : Quel contretemps!
en jouant la surprise et la déconvenue, tandis
que mes yeux parcouraient un anodin billet.
Enfin Mme Floche se hasarda à me demander
d'une voix timide :

— Quelque fâcheuse nouvelle, cher Monsieur?

— Oh! rien de très grave, répondis-je aussitôt. Mais hélas! je vois qu'il va me falloir rentrer à Paris sans retard, et de là vient ma
contrariété.

D'un bout à l'autre de la table la stupeur
fut générale, dépassant mon attente au point
que je me sentis rougir de confusion. Cette
stupeur se traduisit d'abord par un morne
silence, puis enfin M. Floche, d'une voix un
peu tremblante :

— Est-il vraiment possible, cher jeune ami?
Mais votre travail! Mais notre...

Il ne put achever. Je ne trouvais rien à répondre, rien à dire, et, ma foi, me sentais passablement ému moi-même. Mes yeux se fixaient sur le sommet de la tête de Casimir qui, le nez dans son assiette, coupait une pomme en petits morceaux. Mlle Verdure était devenue pourpre d'indignation.

— Je croirais indiscret d'insister pour vous retenir, hasarda faiblement Mme Floche.

— Pour les distractions que peut offrir la Quartfourche! dit aigrement Mme de Saint-Auréol...

— Oh! Madame, croyez bien que rien ne... essayai-je de protester; mais, sans m'écouter, la baronne criait à tue-tête dans l'oreille de son mari assis à côté d'elle :

— C'est Monsieur Lacase qui veut déjà nous quitter.

— Charmant! Charmant! très sensible, fit le sourd en souriant vers moi.

Cependant Mme Floche, vers Mlle Verdure :

— Mais comment allons-nous pouvoir faire...? la jument qui vient de partir avec l'abbé.

Ici je rompis d'une semelle :

— Pourvu que je sois à Paris demain matin à la première heure... Au besoin le train de cette nuit suffirait.

— Que Gratien aille tout de suite voir si

le cheval de Bouligny peut servir. Dites qu'il
faudrait mener quelqu'un pour le train de...
et se tournant vers moi : — Vraiment le train
de sept heures suffirait?

— Oh! Madame, je suis désolé de vous
causer tant d'embarras...

Le déjeuner s'acheva dans le silence. Sitôt
après, le petit père Floche m'entraîna, et, dès
que nous fûmes seuls dans le couloir qui
menait à la bibliothèque... :

— Mais, cher Monsieur... cher ami... je ne
puis croire encore... mais il vous reste à prendre
connaissance d'un tas de... Se peut-il vraiment?
quel contretemps! quel fâcheux contretemps!
Justement j'attendais la fin de votre premier
travail pour mettre entre vos mains d'autres
papiers que j'ai ressortis hier soir : je comptais
sur eux, je l'avoue, pour vous intéresser à neuf
et pour vous retenir davantage. Il va donc
me falloir vous montrer cela tout de suite.
Venez avec moi; vous avez encore un peu de
temps jusqu'au soir; car je n'ose, n'est-ce pas,
vous demander de revenir...?

Devant la déconvenue du vieillard je prenais
honte de ma conduite. J'avais travaillé d'ar-
rache-pied toute la journée de la veille et cette
dernière matinée, de sorte qu'en réalité il ne
me restait plus beaucoup à glaner sur les

premiers papiers que m'avait confiés M. Floche;
mais sitôt que nous fûmes montés dans sa
retraite, le voici qui, du fond d'un tiroir,
sortit avec un geste mystérieux un paquet
enveloppé de toiles et ficelé; une fiche passée
sous la ficelle portait, en manière de table, la
nomenclature des papiers, leur provenance.

— Emportez tout le paquet, dit-il; tout n'y
est sans doute pas bien fameux; mais vous
aurez plus vite fait que moi de démêler là-
dedans ce qui vous intéresse.

Tandis qu'il ouvrait puis refermait d'autres
tiroirs et s'affairait, je descendis dans la bibliothèque avec la liasse que je développai sur la
grande table.

Certains papiers effectivement se rappor-
taient à mon travail, mais ils étaient en petit
nombre et d'importance médiocre; la plupart,
de la main même de M. Floche, avaient trait
à la vie de Massillon, et, partant, ne me tou-
chaient guère.

En vérité le pauvre Floche comptait-il là-
dessus pour me retenir? Je le regardai; il
s'était à présent renfoncé dans sa chancelière
et s'occupait à déboucher minutieusement avec
une épingle chacun des trous d'un petit instru-
ment qui versait de la sandaraque. L'opé-
ration finie, il leva la tête et rencontra mon

regard. Un sourire si amical l'éclaira que je
me dérangeai pour causer avec lui, et, appuyé
sur le linteau, à l'entrée de sa portioncule :

— Monsieur Floche, lui dis-je, pourquoi ne
venez-vous jamais à Paris? On serait si heureux
de vous y voir.

— A mon âge, les déplacements sont diffi-
ciles et coûteux.

— Et vous ne regrettez pas trop la ville?

— Bah! fit-il en soulevant les mains, je m'ap-
prêtais à la regretter davantage. Les premiers
temps, la solitude de la campagne paraît un
peu sévère à quiconque aime beaucoup causer;
puis on s'y fait.

— Ce n'est donc pas par goût que vous êtes
venu vous installer à la Quartfourche?

Il se dégagea de sa chancelière, se leva, puis
posant sa main familièrement sur ma manche :

— J'avais à l'Institut quelques collègues que
j'affectionne, dont votre cher maître Albert
Desnos; et je crois bien que j'étais en passe
de prendre bientôt place auprès d'eux...

Il semblait vouloir parler davantage; pourtant je n'osais poser question trop directe :

— Est-ce Madame Floche qu'attirait à ce
point la campagne?

— N... on. C'est pourtant pour Madame

Floche que j'y suis venu; mais elle-même y était
appelée par un petit événement de famille.

Il était descendu dans la grande salle et
aperçut la liasse que j'avais déjà ficelée.

—Ah! vous avez déjà tout regardé, dit-il
tristement. Sans doute aurez-vous trouvé là peu
de provende. Que voulez-vous? les moindres
miettes je les ramasse; parfois je me dis que je
perds mon temps à collectionner des broutilles;
mais peut-être faut-il des hommes comme moi
pour épargner ces menus travaux à d'autres
qui, comme vous, en sauront tirer un brillant
parti. Quand je lirai votre thèse je serai heureux
de me dire que ma peine vous aura un tout
petit peu profité.

La cloche du goûter nous appela.

Comment arriver à connaître quel « petit
événement de famille », pensais-je, a suffi
pour décider ainsi ces deux vieux? L'abbé
le connaît-il? Au lieu de me buter contre lui,
j'aurais dû l'apprivoiser. N'importe! Trop tard
à présent. Il n'en reste pas moins que Monsieur
Floche est un digne homme et dont je garderai
bon souvenir...

Nous arrivâmes dans la salle à manger.

—Casimir n'ose pas vous demander si vous
ne feriez pas encore un petit tour de jardin
avec lui; je sais qu'il en a grande envie, dit

Mme Floche; mais le temps vous manquera
peut-être?

L'enfant qui plongeait le visage dans un bol
de lait s'engoua.

—J'allais lui proposer de m'accompagner;
j'ai pu mettre au pair mon travail et vais être
libre jusqu'au départ. Précisément il ne pleut
plus... Et j'entraînai l'enfant dans le parc.

Au premier détour de l'allée, l'enfant qui
tenait une de mes mains dans les deux siennes,
longuement la pressa contre son visage brûlant :

—Vous aviez dit que vous resteriez huit
jours...

—Mon pauvre petit! Je ne peux pas rester
plus longtemps.

—Vous vous ennuyez.

—Non! mais il faut que je parte.

—Où allez-vous?

—A Paris. Je reviendrai.

A peine eus-je lâché ce mot qu'il me regarda
anxieusement.

—C'est bien vrai? Vous le promettez?

L'interrogation de cet enfant était si confiante
que je n'eus pas le cœur de me dédire :

—Veux-tu que je te l'écrive sur un petit
papier que tu garderas?

—Oh! oui, fit-il en embrassant ma main

bien fort et manifestant sa joie par des bondis-
sements frénétiques.

— Sais-tu ce qui serait gentil, maintenant?
Au lieu d'aller pêcher, nous devrions cueillir
des fleurs pour ta tante; on irait tous les deux
lui porter un gros bouquet dans sa chambre
pour lui faire une belle surprise.

Je m'étais promis de ne point quitter la
Quartfourche sans avoir visité la chambre d'une
des vieilles dames; comme elles circulaient
continuellement d'un bout à l'autre de la maison, je risquais fort d'être dérangé dans mon
investigation indiscrète; je comptais sur l'enfant pour autoriser ma présence; si peu naturel
qu'il pût paraître que je pénétrasse à sa suite
dans la chambre de sa grand-mère ou de sa
tante, grâce au prétexte du bouquet trouve-
rais-je, en cas de surprise, une facile contenance.

Mais cueillir des fleurs à la Quartfourche
n'était pas aussi aisé que je le supposais. Gratien exerçait sur tout le jardin une surveillance
farouche; non seulement il indiquait les fleurs
qui supportaient d'être cueillies, mais encore
était-il jalousement regardant sur la manière
de les cueillir. Il y fallait sécateur ou serpette
et, de plus, quelles précautions! C'est ce que
Casimir m'expliquait. Gratien nous accompa-
gna jusqu'au bord d'une corbeille de dahlias

superbes où l'on pouvait prélever maints bou-
quets sans que seulement il y parût.

— Au-dessus de l'œil, Monsieur Casimir;
combien de fois faut-il qu'on vous le répète?
coupez toujours au-dessus de l'œil.

— En cette fin de saison, cela n'a plus aucune
importance, m'écriai-je impatiemment.

Il répondit en grommelant que « ça a toujours de l'importance » et que « il n'y a pas
de saison pour mal faire ». J'ai horreur des
bougons sentencieux...

L'enfant me précéda, portant la gerbe. En
passant dans le vestibule je m'étais emparé d'un
vase...

Dans la chambre régnait une paix religieuse;
les volets étaient clos; près du lit enfoncé dans
une alcôve, un prie-Dieu d'acajou et de velours
grenat au pied d'un petit crucifix d'ivoire et
d'ébène; contre le crucifix le cachant à demi,
un mince rameau de buis suspendu à une faveur
rose et maintenu sous un bras de la croix. Le
recueillement de l'heure appelait la prière;
j'oubliais ce que j'étais venu faire et la vaine
curiosité qui m'avait attiré en ce lieu; je laissais
Casimir apprêter à son gré les fleurs sur une
commode, et je ne regardais plus rien dans la
chambre : C'est ici, dans ce grand lit, pensais-je,
que la bonne vieille Floche achèvera bientôt

de s'éteindre, à l'abri des souffles de la vie...
O barques qui souhaitez la tempête! que tranquille est ce port!

Casimir cependant s'impatientait contre les
fleurs; les capitules pesants des dahlias l'em-
portaient; tout le bouquet cabriolait à terre.

— Si vous m'aidiez, dit-il enfin.

Mais tandis que je m'évertuais à sa place,
il courait à l'autre bout de la pièce vers un
secrétaire qu'il ouvrait.

— Je vais vous faire le billet où vous promettez de revenir.

— C'est cela, repartis-je, me prêtant à la
simagrée. Dépêche-toi. Ta tante serait très
fâchée si elle te voyait fouiller dans son secrétaire.

— Oh! ma tante est occupée à la cuisine;
et puis elle ne me gronde jamais.

De son écriture la plus appliquée il couvrit
une feuille de papier à lettre.

— A présent venez signer.

Je m'approchai:

— Mais Casimir, tu n'avais pas à signer toi-
même! dis-je en riant. L'enfant, pour donner
plus de poids, sans doute, à cet engagement,
et pour qu'il lui parût y engager lui-même sa
parole, avait cru bon d'écrire aussi son nom
au bas de la feuille où je lus :

Monsieur Lacase promet de revenir l'année prochaine à la Quartfourche.

Casimir de Saint-Auréol.

Un instant il resta tout déconcerté par ma remarque et par mon rire : il y allait de tout son cœur, lui! Ne le prenais-je donc pas au sérieux? Il était bien près de pleurer.

— Laisse-moi me mettre à ta place pour que je signe.

Il se leva puis, quand j'eus signé le billet, sauta de joie et couvrit ma main de baisers. J'allais partir : il me retint par la manche et, penché sur le secrétaire :

— Je vais vous montrer quelque chose, dit-il en faisant jouer un ressort et glisser un tiroir dont il connaissait le secret; puis, ayant fouillé parmi des rubans et des quittances, il me tendit une fragile miniature encadrée :

— Regardez.

Je m'approchai de la fenêtre.

Quel est ce conte où le héros tombe amoureux du seul portrait de la princesse? Ce devait être ce portrait-là. Je n'entends rien à la peinture et me soucie peu du métier; sans doute un connaisseur eût-il jugé cette miniature affétée : sous trop de complaisante grâce s'effaçait

presque le caractère : mais cette pure grâce
était telle qu'on ne la pût oublier.

Peu m'importaient vous dis-je les qualités ou
les défauts de la peinture : la jeune femme que
j'avais devant moi et dont je ne voyais que le
profil, une tempe à demi cachée par une lourde
boucle noire, un œil languide et tristement
rêveur, la bouche entrouverte et comme sou-
pirante, le col fragile autant qu'une tige de
fleur, cette femme était de la plus troublante,
de la plus angélique beauté. A la contempler
j'avais perdu conscience du lieu, de l'heure;
Casimir qui d'abord s'était éloigné, achevant
d'apprêter les fleurs, revint à moi, se pencha :

— C'est maman... Elle est bien jolie, n'est-ce
pas !

J'étais gêné devant l'enfant de trouver sa
mère si belle.

— Où est-elle à présent, ta maman?

— Je ne sais pas.

— Pourquoi n'est-elle pas ici?

— Elle s'ennuie ici.

— Et ton papa?

Un peu confusément, baissant la tête et
comme honteux il répondit :

— Mon papa est mort.

Mes questions l'importunaient; mais j'étais
résolu à pousser plus avant.

— Elle vient bien te voir quelquefois, ta maman?

— Oh! oui, souvent! dit-il avec conviction, en relevant soudain la tête. Il ajouta un peu plus bas :

— Elle vient causer avec ma tante.

— Mais avec toi, elle cause bien aussi?

— Oh! moi, je ne sais pas lui parler... Et puis quand elle vient, je suis couché.

— Couché!

— Oui, elle vient la nuit... Puis, cédant à sa confiance (il avait pris ma main, car j'avais reposé le portrait), tendrement et comme en secret :

— La dernière fois elle est venue m'embrasser dans mon lit.

— Elle ne t'embrasse donc pas d'ordinaire?

— Oh! si, beaucoup.

— Alors pourquoi dis-tu « la dernière fois »?

— Parce qu'elle pleurait.

— Elle était avec ta tante?

— Non; elle était entrée toute seule dans le noir; elle croyait que je dormais.

— Elle t'a réveillé?

— Oh! je ne dormais pas. Je l'attendais.

— Tu savais donc qu'elle était là?

Il baissa la tête de nouveau, sans répondre. J'insistai :

— Comment savais-tu qu'elle était là?

Pas de réponse. Je repris :

— Dans le noir, comment as-tu pu voir qu'elle pleurait?

— Oh! j'ai senti.

— Tu ne lui as pas demandé de rester?

— Oh! si. Elle était penchée sur mon lit; je la tenais par les cheveux...

— Et qu'est-ce qu'elle disait?

— Elle riait; elle disait que je la décoiffais; mais qu'il fallait qu'elle s'en aille.

— Elle ne t'aime donc pas?

— Oh! si; elle m'aime beaucoup, cria-t-il, brusquement écarté de moi et le visage empourpré plus encore, d'une voix si passionnée que je pris honte de ma question.

La voix de Mme Floche retentit au bas de l'escalier :

— Casimir! Casimir! va dire à Monsieur Lacase qu'il serait temps de s'apprêter. La voiture sera là dans une demi-heure.

Je m'élançai, dégringolai l'escalier, rejoignis la vieille dans le vestibule.

— Madame Floche! quelqu'un pourrait-il porter une dépêche? J'ai trouvé un expédient qui me permettra je crois de passer quelques jours de plus près de vous.

Elle prit mes deux mains dans les deux siennes :

— Ah! Que c'est improbable! cher Monsieur... Et comme son émotion ne trouvait rien d'autre à dire, elle répétait : Que c'est improbable!... puis, courant sous la fenêtre de Floche :

— Bon ami! Bon ami! (c'est ainsi qu'elle l'appelait) Monsieur Lacase veut bien rester.

La faible voix sonnait comme un grelot fêlé, mais parvint cependant; je vis la fenêtre s'ouvrir, M. Floche se pencher un instant; puis, aussitôt qu'il eut compris :

— Je descends! Je descends!

Casimir se joignait à lui; durant quelques instants je dus faire face aux gratulations de chacun; on eût dit que j'étais de la famille.

Je rédigeai je ne sais plus quel fantaisiste texte de dépêche que je fis expédier à une adresse imaginaire.

— J'ai peur, à déjeuner, d'avoir été un peu indiscrète en vous priant trop fort, dit Mme Floche; puis-je espérer que, si vous restez, vos affaires de Paris n'en souffriront pas trop?

— J'espère que non, chère Madame. Je prie un ami de prendre soin de mes intérêts.

Mme de Saint-Auréol était survenue; elle s'éventait et tournait dans la pièce en criant de sa voix la plus aiguë. — Qu'il est aimable!

Ah! mille grâces... Qu'il est aimable! — puis disparut, et le calme se rétablit.

Peu avant le dîner l'abbé rentra de Pont-l'Évêque; comme il n'avait pas eu connaissance de ma velléité de départ, il ne put être surpris d'apprendre que je restais.

— Monsieur Lacase, dit-il assez affablement, j'ai rapporté de Pont-l'Évêque quelques journaux; pour moi je ne suis pas grand amateur des racontars de gazettes, mais j'ai pensé qu'ici vous étiez un peu privé de nouvelles et que ces feuilles pourraient vous intéresser.

Il fouillait sa soutane : —Allons! Gratien les aura montés dans ma chambre avec mon sac. Attendez un instant; je m'en vais les quérir.

—N'en faites rien, Monsieur l'abbé; c'est moi qui monterai les chercher.

Je l'accompagnai jusqu'à sa chambre; il me pria d'entrer. Et tandis qu'il brossait sa soutane et s'apprêtait pour le dîner :

—Vous connaissiez la famille de Saint-Auréol avant de venir à la Quartfourche? demandai-je après quelques propos vagues.

—Non, me dit-il.

— Ni monsieur Floche?

—J'ai passé brusquement des missions à l'enseignement. Mon supérieur avait été en relations avec M. Floche, et m'a désigné pour

les fonctions que je remplis présentement; non,
avant de venir ici je ne connaissais ni mon
élève ni ses parents.

— De sorte que vous ignorez quels événements ont brusquement poussé Monsieur Floche
à quitter Paris il y a quelque quinze ans, au
moment qu'il allait entrer à l'Institut.

— Revers de fortune, grommela-t-il.

— Eh quoi! Monsieur et Madame Floche
vivraient ici aux crochets des Saint-Auréol!

— Mais non, mais non, fit-il impatienté;
ce sont les Saint-Auréol qui sont ruinés ou
presque; toutefois la Quartfourche leur appartient; les Floche, qui sont dans une situation
aisée, habitent avec eux pour les aider; ils sub-
viennent au train de maison et permettent ainsi
aux Saint-Auréol de conserver la Quartfourche,
qui doit revenir plus tard à Casimir; c'est je
crois tout ce que l'enfant peut espérer...

— La belle-fille est sans fortune?

— Quelle belle-fille? La mère de Casimir
n'est pas la bru, c'est la propre fille des Saint-
Auréol.

— Mais alors, le nom de l'enfant? — Il fei-
gnit de ne point comprendre. — Ne s'appelle-
t-il pas Casimir de Saint-Auréol?

— Vous croyez! dit-il ironiquement. Eh bien!
il faut supposer que Mademoiselle de Saint-

Auréol aura épousé quelque cousin du même
nom.

— Fort bien! fis-je, comprenant à demi, hésitant pourtant à conclure. Il avait achevé de
brosser sa soutane; un pied sur le rebord de
la fenêtre il flanquait de grands coups de mouchoir pour épousseter ses souliers. — Et vous
la connaissez... Mademoiselle de Saint-Auréol?

— Je l'ai vue deux ou trois fois; mais elle
ne vient ici qu'en courant.

— Où vit-elle?

Il se releva, jeta dans un coin de la chambre
le mouchoir empoussiéré :

— Alors c'est un interrogatoire?... puis se
dirigeant vers sa toilette : — On va sonner
pour le dîner et je ne serai pas prêt!

C'était une invite à le laisser; ses lèvres serrées certainement en gardaient gros à dire, mais
pour l'instant ne laisseraient plus rien échapper.

V

Quatre jours après j'étais encore à la Quartfourche; moins angoissé qu'au troisième jour,
mais plus las. Je n'avais rien surpris de nouveau, ni dans les événements de chaque jour,
ni dans les propos de mes hôtes; d'inanition
déjà je sentais ma curiosité se mourir. Il faut
donc renoncer à en découvrir davantage, pensais-je apprêtant de nouveau mon départ :
autour de moi tout se refuse à m'instruire;
l'abbé fait le muet depuis que j'ai laissé paraître
combien ce qu'il sait m'intéresse; à mesure que
Casimir me marque plus de confiance, je me
sens devant lui plus contraint; je n'ose plus
l'interroger et du reste je connais à présent
tout ce qu'il aurait à me dire : rien de plus
que le jour où il me montrait le portrait.

Si pourtant; l'enfant innocemment m'avait
appris le prénom de sa mère. Sans doute j'étais

fou de m'exalter ainsi sur une flatteuse image
vraisemblablement vieille de plus de quinze
ans; et si même Isabelle de saint-Auréol, durant
mon séjour à la Quartfourche, risquait une de
ces fugitives apparitions dont je savais à présent qu'elle était coutumière, sans doute je ne
pourrais, n'oserais me trouver sur son passage.
N'importe! ma pensée soudain tout occupée
d'elle échappait à l'ennui; ces derniers jours
avaient fui d'une fuite ailée et je m'étonnais
que s'achevât déjà cette semaine. Il n'avait pas
été question que je restasse plus longtemps chez
les Floche et mon travail ne m'offrait plus
aucune raison de m'attarder, mais, ce dernier
matin encore, je parcourais le parc que l'automne rendait plus vaste et sonore, appelant
à demi-voix, puis à voix plus haute : Isabelle!...
et ce nom qui m'avait déplu tout d'abord, se
revêtait à présent pour moi d'élégance, se péné-
trait d'un charme clandestin... Isabelle de Saint-
Auréol! Isabelle! J'imaginais sa robe blanche
fuir au détour de chaque allée; à travers l'in-
constant feuillage, chaque rayon rappelait son
regard, son sourire mélancolique, et comme
encore j'ignorais l'amour, je me figurais que
j'aimais et, tout heureux d'être amoureux,
m'écoutais avec complaisance.

Que le parc était beau! et qu'il s'apprêtait

noblement à la mélancolie de cette saison
déclinante. J'y respirais avec enivrement l'odeur
des mousses et des feuilles pourrissantes. Les
grands marronniers roux, à demi dépouillés
déjà, ployaient leurs branches jusqu'à terre;
certains buissons pourprés rutilaient à travers
l'averse; l'herbe, auprès d'eux, prenait une
verdeur aiguë; il y avait quelques colchiques
dans les pelouses du jardin; un peu plus bas,
dans le vallon, une prairie en était rose, que
l'on apercevait de la carrière où, quand la
pluie cessait, j'allais m'asseoir — sur cette même
pierre où je m'étais assis le premier jour avec
Casimir; où, rêveuse, Mlle de Saint-Auréol
s'était assise naguère, peut-être... et je m'imaginais assis près d'elle.

Casimir m'accompagnait souvent, mais je
préférais marcher seul. Et presque chaque jour
la pluie me surprenait dans le jardin; trempé,
je rentrais me sécher devant le feu de la cuisine. Ni la cuisinière, ni Gratien ne m'aimaient;
mes avances réitérées n'avaient pu leur arracher
trois paroles. Du chien non plus, caresses ou
friandises n'avaient pu me faire un ami; Terno
passait presque toutes les heures du jour couché
dans l'âtre vaste, et quand j'en approchais il
grognait. Casimir que je retrouvais souvent,
assis sur la margelle du foyer, épluchant des

légumes ou lisant, y allait alors d'une tape,
s'affectant que son chien ne m'accueillît pas en
ami. Prenant le livre des mains de l'enfant je
poursuivais à haute voix sa lecture; lui, restait
appuyé contre moi; je le sentais m'écouter de
tout son corps.

Mais ce matin-là l'averse me surprit si
brusque et si violente que je ne pus songer à
rentrer au château; je courus m'abriter au plus
proche; c'était ce pavillon abandonné que
vous avez pu voir à l'autre extrémité du parc,
près de la grille; il était à présent délabré :
pourtant une première salle assez vaste restait
élégamment lambrissée comme le salon d'un
pavillon de plaisance; mais les boiseries ver-
moulues crevaient au moindre choc...

Quand j'entrai, poussant la porte mal
close, quelques chauves-souris tournoyèrent,
puis s'élancèrent au-dehors par la fenêtre dévitrée. J'avais cru l'averse passagère, mais,
tandis que je patientais, le ciel acheva de
s'assombrir. Me voici bloqué pour longtemps!
il était dix heures et demie; on ne déjeunait
qu'à midi. J'attendrai jusqu'au premier coup
de cloche, que l'on entend d'ici certainement,
pensai-je. J'avais sur moi de quoi écrire et,
comme ma correspondance était en retard, je
prétendis me prouver à moi-même qu'il n'est

pas moins aisé d'occuper bien une heure qu'une journée. Mais ma pensée incessamment me ramenait à mon inquiétude amoureuse : ah! si je savais que quelque jour elle dût reparaître en ce lieu, j'incendierais ces murs de déclarations passionnées... Et lentement m'imbibait un ennui douloureux, lourd de larmes. Je restais effondré dans un coin de la pièce, n'ayant trouvé siège où m'asseoir, et comme un enfant perdu je pleurais.

Certes le mot Ennui est bien faible pour exprimer ces détresses intolérables à quoi je fus sujet de tout temps; elles s'emparent de nous tout à coup; la qualité de l'heure les déclare; l'instant auparavant tout vous riait et l'on riait à toute chose; tout à coup une vapeur fuligineuse s'essore du fond de l'âme et s'interpose entre le désir et la vie; elle forme un écran livide, nous sépare du reste du monde dont la chaleur, l'amour, la couleur, l'harmonie ne nous parviennent plus que réfractés en une transposition abstraite : on constate, on n'est plus ému; et l'effort désespéré pour crever l'écran isolateur de l'âme nous mènerait à tous les crimes, au meurtre ou au suicide, à la folie...

Ainsi rêvais-je en écoutant ruisseler la pluie. Je gardais à la main le canif que j'avais ouvert

pour tailler mon crayon, mais la feuille de
mon carnet restait vide; à présent, de la
pointe de ce canif, sur le panneau voisin je
tâchais de sculpter son nom; sans conviction,
mais parce que je savais que les amants transis
ont accoutumé d'ainsi faire; à tout instant le
bois pourri cédait; un trou venait en place
de la lettre; bientôt, sans plus d'application, par
désœuvrement, imbécile besoin de détruire, je
commençai de taillader au hasard. Le lambris
que j'abîmais se trouvait immédiatement sous la
fenêtre; le cadre en était disjoint à la partie
supérieure, de sorte que le panneau tout entier
pouvait glisser de bas en haut dans les rainures
latérales; c'est ce que je remarquai lorsque
l'effort de mon couteau inopinément le
souleva.

Quelques instants après j'achevais d'émietter
le lambris. Avec le débris de bois, une enveloppe tomba sur le plancher; tachée, moisie,
elle avait pris le ton de la muraille, au point
que tout d'abord elle n'étonna point mon
regard; non, je ne m'étonnai pas de la voir;
il ne me paraissait pas surprenant qu'elle fût
là et telle était mon apathie que je ne cherchai
pas aussitôt à l'ouvrir. Laide, grise, souillée, on
eût dit un plâtras, vous dis-je. C'est par désœuvrement que je la pris; c'est machinalement

que je la déchirai. J'en sortis deux feuillets
couverts d'une grande écriture désordonnée,
pâlie, presque effacée par endroits. Que venait
faire là cette lettre? Je regardai la signature
et j'eus un éblouissement : le nom d'Isabelle
était au bas de ces feuillets!

Elle occupait à ce point mon esprit... j'eus
un instant l'illusion qu'elle m'écrivait à moi-
même :

Mon amour, voici ma dernière lettre... disait-elle.
*Vite ces quelques mots encore, car je sais que ce soir
je ne pourrai plus rien te dire; mes lèvres, près de toi,
ne sauront plus trouver que des baisers. Vite, pendant
que je puis parler encore; écoute :*

*Onze heures c'est trop tôt; mieux vaut minuit. Tu
sais que je meurs d'impatience et que l'attente m'exté-
nue, mais pour que je m'éveille à toi il faut que toute
la maison dorme. Oui, minuit; pas avant. Viens à
ma rencontre jusqu'à la porte de la cuisine (en suivant
le mur du potager qui est dans l'ombre et ensuite il y a
des buissons), attends-moi là et non pas devant la
grille, non que j'aie peur de traverser seule le jardin,
mais parce que le sac où j'emporte un peu de vêtements
sera très lourd et que je n'aurai pas la force de le
porter longtemps.*

*En effet il vaut mieux que la voiture reste en bas
de la ruelle où nous la retrouverons facilement. A*

cause des chiens de la ferme qui pourraient aboyer et donner l'éveil, c'est plus prudent.

Mais non, mon ami, il n'y avait pas moyen, tu le sais, de nous voir davantage et de convenir de tout ceci de vive voix. Tu sais qu'ici je vis captive et que les vieux ne me laissent pas plus sortir qu'ils ne te permettent à toi de rentrer. Ah! de quel cachot je m'échappe... Oui j'aurai soin de prendre des souliers de rechange que je mettrai sitôt que nous serons dans la voiture, car l'herbe du bas du jardin est trempée.

Comment peux-tu me demander encore si je suis résolue et prête? Mais mon amour, voici des mois que je me prépare et que je me tiens prête! des années que je vis dans l'attente de cet instant! — Et si je ne vais rien regretter? — Tu n'as donc pas compris que j'ai pris tous ceux qui s'attachent à moi en horreur, tous ceux qui m'attachent ici. Est-ce vraiment la douce et la craintive Isa qui parle? Mon ami, mon amant, qu'avez-vous fait de moi, mon amour?...

J'étouffe ici; je songe à tout l'ailleurs qui s'entrouvre... J'ai soif...

J'allais oublier de te dire qu'il n'y a pas eu moyen d'enlever les saphirs de l'écrin, parce que ma tante n'a plus laissé ses clefs dans sa chambre; aucune de celles que j'ai essayées n'a pu aller au tiroir... Ne me gronde pas; j'ai le bracelet de maman, la chaîne émaillée et deux bagues — qui n'ont sans doute pas grande valeur puisqu'elle ne les met pas;

mais je crois que la chaîne est très belle. Pour de
l'argent... je ferai mon possible; mais tu feras tout
de même bien de t'en procurer.

A toi de toutes mes prières. A bientôt, ton

Isa.

Ce 22 octobre, anniversaire de ma vingt-deuxième
année et veille de mon évasion.

Je songe avec terreur, si j'avais à cuisiner
en roman cette histoire, aux quatre ou cinq
pages de développements qu'il siérait ici de
gonfler : réflexions après lecture de cette lettre,
interrogations, perplexités... En vérité, comme
après un très violent choc, j'étais tombé dans un
état semi-léthargique. Quand enfin parvint à
mon oreille, à travers la confuse rumeur de mon
sang, un son de cloche, qui redoubla : c'est le
second appel du déjeuner, pensai-je; comment
n'ai-je pas entendu le premier? Je tirai ma
montre : midi! Aussitôt bondissant au-dehors,
l'ardente lettre pressée contre mon cœur, je
m'élançai tête nue sous l'averse.

Les Floche déjà s'inquiétaient de moi et,
quand j'arrivai tout soufflant :

— Mais vous êtes trempé! complètement
trempé, cher Monsieur! — Puis ils protestèrent
que personne ne se mettrait à table que je

n'eusse changé de vêtements : et dès que je
fus redescendu, ils questionnèrent avec solli-
citude; je dus raconter que, retenu dans le
pavillon, j'attendais en vain un répit de l'averse;
alors ils s'excusèrent du mauvais temps, de
l'affreux état des allées, de ce que l'on avait
sans doute sonné le second coup plus tôt, le
premier coup moins fort qu'à l'ordinaire...
Mlle Verdure avait été chercher un châle dont
on me supplia de couvrir mes épaules, parce
que j'étais encore en sueur et que je risquais
de prendre mal. L'abbé cependant m'observait
sans mot dire, les lèvres serrées jusqu'à la gri-
mace; et j'étais si nerveux que, sous l'investigation de son regard, je me sentais rougir et me
troubler comme un enfant fautif. Il importe
pourtant de l'amadouer, pensais-je, car désormais je n'apprendrai rien que par lui seul; lui
seul peut m'éclairer le détour de cette téné-
breuse histoire où m'achemine déjà moins de
curiosité que d'amour.

Après le café, la cigarette que j'offrais à
l'abbé servait de prétexte au dialogue : pour
ne point incommoder la baronne nous allions
fumer dans l'orangerie.

—Je croyais que vous ne deviez rester ici
que huit jours, commença-t-il sur un ton
d'ironie.

—Je comptais sans l'amabilité de nos hôtes.

— Alors, les documents de Monsieur Floche...?

— Assimilés... Mais j'ai trouvé de quoi m'occuper davantage.

j'attendais une interrogation; rien ne vint.

— Vous devez connaître dans les coins le double fond de ce château, repartis-je impatiemment.

Il ouvrit de grands yeux, plissa son front, prit un air de candeur stupide.

— Pourquoi Madame ou Mademoiselle de Saint-Auréol, la mère de votre élève, n'est-elle pas ici, près de nous, à partager ses soins entre son fils infirme et ses vieux parents?

Pour mieux jouer l'étonnement il jeta sa cigarette et ouvrit les mains en parenthèses des deux côtés de son visage.

— Sans doute que ses occupations la retiennent ailleurs..., marmonna-t-il. Quelle insidieuse question est-ce là?

— En souhaitez-vous une plus précise : Qu'a fait Madame ou Mademoiselle de Saint-Auréol, la mère de votre élève, certaine nuit du 22 octobre que devait venir l'enlever son amant?

Il campa ses poings sur ses hanches :

— Eh là! Eh là! Monsieur le romancier —

(par vanité, par faiblesse, je m'étais laissé aller
précédemment à ce genre de confidences que
devrait n'inspirer jamais qu'une profonde sympathie; et depuis qu'il savait mes prétentions il
s'amusait de moi d'une manière qui déjà me
devenait insupportable) — N'allez-vous pas un
peu trop vite?... Et puis-je vous demander à
mon tour comment vous êtes si bien renseigné?

— Parce que la lettre qu'Isabelle de Saint-
Auréol écrivait à son amant ce jour-là, ce n'est
pas lui qui l'a reçue; c'est moi.

Décidément il fallait compter avec moi;
l'abbé à ce moment aperçut une petite tache
sur la manche de sa soutane et commença de
la gratter du bout de l'ongle; il entrait en
composition.

— J'admire ceci... que dès qu'on se croit né
romancier, on s'accorde aussitôt tous les droits.
Un autre y regarderait à deux fois avant de
prendre connaissance d'une lettre qui ne lui est
pas adressée.

— J'espère plutôt, Monsieur l'abbé, qu'il
n'en prendrait pas connaissance du tout.

Je le considérais fixement; mais il grattait
toujours, les yeux baissés.

— Je ne suppose pourtant pas qu'on vous
l'ait donnée à lire.

— Cette lettre est tombée dans mes mains

par hasard; l'enveloppe, vieille, sale, à demi
déchirée, ne portait aucune trace d'écriture; en
l'ouvrant j'ai vu une lettre de Mademoiselle
de Saint-Auréol; mais adressée à qui?... Allons!
Monsieur l'abbé, secondez-moi : qui était, il y
a quatorze ans, l'amant de Mademoiselle de
Saint-Auréol?

L'abbé s'était levé; il commença de marcher
à petits pas de long en large, la tête basse, les
mains croisées dans le dos; repassant derrière
ma chaise, il s'arrêta; et brusquement je sentis
ses mains s'abattre sur mes épaules :

— Montrez-moi cette lettre.

— Parlerez-vous?

Je sentis frémir d'impatience son étreinte.

— Ah! pas de conditions, je vous en prie!
Montrez-moi cette lettre... simplement.

— Laissez que j'aille la chercher, dis-je en
essayant de me dégager.

— Vous l'avez là dans votre poche.

Ses yeux visaient au bon endroit, comme si
ma veste eût été transparente; il n'allait pourtant pas me fouiller!...

J'étais très mal posé pour me défendre, et
contre un grand gaillard plus fort que moi;
puis, quel moyen, ensuite, de le décider à
parler? Je me retournai pour voir presque
contre le mien son visage; un visage gonflé,

congestionné, où se marquaient subitement deux grosses veines sur le front et de vilaines poches sous les yeux. Alors me forçant de rire par crainte de voir tout se gâter :

— Parbleu l'abbé, avouez que vous aussi vous savez ce que c'est que la curiosité!

Il lâcha prise; je me levai tout aussitôt et fis mine de sortir.

— Si vous n'aviez pas eu ces manières de brigands, je vous l'aurais déjà montrée; puis, le prenant par le bras : — mais rapprochons-nous du salon, que je puisse appeler au secours.

Par grand effort de volonté je gardais un ton enjoué, mais mon cœur battait fort.

— Tenez : lisez-la devant moi, dis-je en tirant la lettre de ma poche; je veux apprendre de quel œil un abbé lit une lettre d'amour.

Mais, de nouveau maître de lui, il ne laissait paraître son émotion qu'à l'irrépressible titillement d'un petit muscle de sa joue. Il lut; puis huma le papier, renifla, en fronçant âprement les sourcils de manière qu'il semblait que ses yeux s'indignassent de la gourmandise de son nez; puis repliant le papier et me le rendant, dit d'un ton un peu solennel :

— Ce même 22 octobre mourait le vicomte Blaise de Gonfreville, victime d'un accident de chasse.

—Vous me faites frémir! (mon imagination aussitôt construisait un drame épouvantable). Sachez que j'ai trouvé cette lettre derrière une boiserie du pavillon où certainement il eût dû venir la chercher.

L'abbé m'apprit alors que le fils aîné des Gonfreville, dont la propriété touchait à celle des Saint-Auréol, avait été retrouvé sans vie au pied d'une barrière qu'apparemment il s'apprêtait à franchir, lorsqu'un mouvement maladroit avait fait partir son fusil. Pourtant, dans le canon du fusil ne se trouvait pas de cartouche. Aucun renseignement ne put être donné par personne; le jeune homme était sorti seul et personne ne l'avait vu; mais, le lendemain, un chien de la Quartfourche fut surpris près du pavillon léchant une flaque de sang.

—Je n'étais pas encore à la Quartfourche, continua-t-il, mais, d'après les renseignements que j'ai pu recueillir, il me semble avéré que le crime a été commis par Gratien, qui sans doute avait surpris les relations de sa maîtresse avec le vicomte, et peut-être avait éventé son projet de fuite (projet que j'ignorais moi-même avant d'avoir lu cette lettre); c'est un vieux serviteur buté, butor même au besoin, qui pour défendre le bien de ses maîtres ne croit devoir reculer devant rien.

— Comment ne l'a-t-on pas arrêté?

— Personne n'avait intérêt à le poursuivre,
et les deux familles de Gonfreville et de Saint-
Auréol craignaient également le bruit autour
de cette fâcheuse histoire; car, quelques mois
après, Mademoiselle de Saint-Auréol mettait
au monde un malheureux enfant. On attribue
l'infirmité de Casimir aux soins que sa mère
avait pris pour dissimuler sa grossesse; mais
Dieu nous enseigne que c'est souvent sur les
enfants que retombe le châtiment des pères.
Venez avec moi jusqu'au pavillon; je suis
curieux de voir l'endroit où vous avez trouvé la
lettre.

Le ciel s'était éclairci; nous nous achemi-
nâmes ensemble.

Tout alla fort bien à l'aller; l'abbé m'avait
pris le bras; nous marchions d'un même pas
et causions sans heurts. Mais au retour tout
se gâta. Sans doute restions-nous passablement
exaltés l'un et l'autre par l'étrangeté de l'aventure; mais chacun très différemment; moi, vite
désarmé par la complaisance souriante que
l'abbé finalement avait mise à me renseigner,
déjà j'oubliais sa soutane, ma retenue, je me
laissais aller à lui parler comme à un homme.

Voici je crois comment la brouille commença :

— Qui nous racontera, disais-je, ce que fit Mademoiselle de Saint-Auréol cette nuit-là! Sans doute elle n'apprit que le lendemain la mort du comte? L'attendit-elle, et jusqu'à quand, dans le jardin? Que pensait-elle en ne le voyant pas venir?

L'abbé se taisait, complètement insensible à mon lyrisme psychologique; je reprenais :

— Imaginez cette délicate jeune fille, le cœur lourd d'amour et d'ennui, la tête folle : Isabelle la passionnée...

— Isabelle la dévergondée, soufflait l'abbé à demi-voix.

Je continuais comme si je n'avais pas entendu, mais déjà prenant élan pour riposter à l'interjection prochaine :

— Songez à tout ce qu'il a fallu d'espérance et de désespoir, de...

— Pourquoi songer à tout cela? interrompit-il sèchement : nous n'avons pas à connaître des événements plus que ce qui peut nous instruire.

— Mais suivant que nous en connaissons plus ou moins, ils nous instruisent différemment...

— Que prétendez-vous dire?

— Que la connaissance superficielle des évé-

nements ne concorde pas toujours, pas souvent
même, avec la connaissance profonde que nous
en pouvons prendre ensuite, et que l'enseignement que l'on en peut tirer n'est pas le même;
qu'il est bon d'examiner avant de conclure...

— Mon jeune ami, faites attention que l'esprit d'examen et de curiosité critique est la larve
de l'esprit de révolte. Le grand homme que
vous avez pris pour modèle aurait bien pu
vous avertir que...

— Celui sur qui j'écris ma thèse, voulez-vous
dire...

— Quel ergoteur vous faites! C'est avec un
pareil esprit que...

— Mais enfin, cher Monsieur l'abbé, j'aime-
rais bien savoir si ce n'est pas cette même curiosité qui vous fait m'accompagner, à cette heure,
qui vous penchait il y a quelques instants sur
ce lambris crevé, et qui vous a lentement poussé
à connaître de cette histoire tout ce que vous
m'en avez rapporté!...

Son pas se faisait plus saccadé, sa voix plus
brève; avec sa canne il frappait le sol impatiemment.

— Sans chercher comme vous des explications d'explications, quand j'ai connu le fait,
je m'y tiens. Les événements lamentables que je
vous ai dits m'enseigneraient, s'il en était encore

besoin, l'horreur du péché de la chair; ils sont la condamnation du divorce et de tout ce que l'homme a inventé pour essayer de pallier les conséquences de ses fautes. Voici qui suffit, n'est-ce pas!

— Voici qui ne me suffit pas. Le fait ne m'est de rien tant que je ne pénètre pas sa cause. Connaître la vie secrète d'Isabelle de Saint-Auréol; savoir par quels chemins parfumés, pathétiques et ténébreux...

— Jeune homme, méfiez-vous! vous commencez à en devenir amoureux!...

— Ah! j'attendais cela! Parce que l'apparence ne me suffit pas, que je ne me paie pas de mots, ni de gestes... Êtes-vous sûr de ne pas méjuger cette femme?

— Une gourgandine!

L'indignation chauffait mon front; je ne la contenais plus qu'à grand-peine.

— Monsieur l'abbé, de tels mots surprennent dans votre bouche. Il me semble que le Christ nous enseigne plus à pardonner qu'à sévir.

— De l'indulgence à la complaisance il n'y a qu'un pas.

— Lui du moins ne l'eût pas condamnée comme vous faites.

— D'abord, ça vous n'en savez rien. Puis celui qui est sans péché peut se permettre pour

le péché d'autrui plus d'indulgence que celui
dont... je veux dire que nous autres pécheurs
nous n'avons pas à chercher plus ou moins
d'excuse au péché, mais tout simplement à nous
en détourner avec horreur.

— Après l'avoir bien reniflé comme vous
avez fait cette lettre.

— Vous êtes un impertinent. — Et quittant
l'allée brusquement, il partit à pas précipités
par un petit chemin de traverse, jetant encore à
la manière des Parthes des phrases acérées où je
ne distinguais que les mots : enseignement
moderne... sorbonnard... socinien!...

Quand nous nous retrouvâmes au dîner, il
gardait un air renfrogné, mais en sortant de
table il vint à moi en souriant et me tendit une
main qu'en souriant aussi je serrai.

La soirée me parut plus morne encore qu'à
l'ordinaire. Le baron geignait doucement au
coin du feu; M. Floche et l'abbé poussaient
leurs pions sans mot dire. Du coin de l'œil je
voyais Casimir, la tête enfouie dans ses mains,
saliver lentement sur son livre que par instants
il épongeait d'un coup de mouchoir. Je ne
prêtais à la partie de bésigue que ce qu'il fallait
d'attention pour ne pas faire perdre trop igno-

minieusement ma partenaire; Mme Floche
s'apercevait et s'inquiétait de mon ennui; elle
faisait de grands efforts pour animer un peu la
partie :

— Allons, Olympe! c'est à vous de jouer.
Vous dormez?

Non ce n'était pas le sommeil, mais la mort
dont je sentais déjà le ténébreux engourdisse-
ment glacer mes hôtes; et moi-même, une
angoisse, une sorte d'horreur, m'étreignait. O
printemps! ô vents du large, parfums voluptueux, musiques aérées, jusqu'ici vous ne par-
viendrez plus jamais! me disais-je; et je songeais
à vous, Isabelle. De quelle tombe aviez-vous su
vous évader! vers quelle vie? Là, dans la calme
clarté de la lampe, je vous imaginais, sur vos
doigts délicats, laissant peser votre front pâle;
une boucle de cheveux noirs touche, caresse
votre poignet. Comme vos yeux regardent loin!
de quel ennui sans nom de votre chair et de
votre âme, raconte-t-il la plainte, ce soupir
qu'ils n'entendent pas? Et de moi-même, à mon
insu, s'échappait un soupir énorme qui tenait
du bâillement, du sanglot, de sorte que Mme de
Saint-Auréol, jetant son dernier atout sur la
table, s'écriait :

— Je crois que Monsieur Lacase a grande
envie de s'en aller coucher. — Pauvre femme!

Cette nuit je fis un rêve absurde; un rêve qui n'était d'abord que la continuation de la réalité :

La soirée n'était pas achevée; j'étais encore dans le salon, près de mes hôtes, mais à eux s'adjoignait une société dont le nombre incessamment croissait, bien que je ne visse point précisément arriver de personnes nouvelles; je reconnaissais Casimir assis à la table devant un jeu de patience vers lequel trois ou quatre figures se penchaient. On parlait à voix basse, de sorte que je ne distinguais aucune phrase, mais je comprenais que chacun signalait à son voisin quelque chose d'extraordinaire et dont le voisin à son tour s'étonnait; l'attention se portait vers un point, là près de Casimir, où tout à coup, je reconnus, assise à table (comment ne l'avais-je pas distinguée plus tôt?) Isabelle de Saint-Auréol. Seule parmi les costumes sombres, elle était vêtue tout en blanc. D'abord elle m'apparut charmante, assez semblable à ce que la montrait le médaillon; mais au bout d'un instant j'étais frappé par l'immobilité de ses traits, la fixité de son regard, et soudain je comprenais ce que l'on se chuchotait à l'oreille : ce n'était pas là la véritable Isabelle, mais une poupée à sa ressemblance, qu'on mettait à sa place durant l'absence de la vraie. Cette poupée à présent me paraissait affreuse; j'étais gêné jusqu'à l'angoisse par son air de prétentieuse stupidité; on l'eût dite immobile, mais, tandis que je la regardais fixement, je la voyais lentement pencher de côté, pencher... elle allait chavirer, quand Mlle Olympe, s'élançant de l'autre extrémité du salon, se courba jusqu'à terre, souleva la housse du fauteuil et remonta je ne sais quel rouage qui faisait un grincement bizarre et remettait le mannequin d'aplomb en communiquant à ses bras une grotesque gesticulation d'automate. Puis chacun se leva, l'heure étant sonnée du couvre-feu; on allait laisser la fausse Isabelle là seule; en partant chacun la saluait à la turque, excepté le baron qui s'approcha irrévérencieusement, lui saisit à pleine main la perruque et lui appliqua sur le sinciput deux gros baisers sonores en rigolant. Dès que la société avait achevé de déserter le salon — et j'avais vu sortir une foule — dès que l'obscurité s'était faite, je voyais, oui, dans l'obscurité, je voyais la poupée pâlir, frémir et prendre vie. Elle se soulevait lentement, et c'était Mlle de Saint-Auréol elle-même; elle glissait à moi sans bruit, tout à coup je sentais autour de mon cou ses bras tièdes, et je me réveillais dans la moiteur de son haleine au moment qu'elle me disait :

— Pour eux je fais l'absente, mais pour toi je suis là.

Je ne suis ni superstitieux ni craintif; si je rallumai ma bougie, ce fut pour chasser de mes yeux et de mon cerveau cette obsédante image; j'y eus du mal. Malgré moi j'épiais tous les bruits. Si elle était là pourtant! En vain je m'efforçai de lire; je ne pouvais prêter attention à rien d'autre; c'est en pensant à elle que je me rendormis au matin.

VI

Ainsi retombaient les sursauts de ma curiosité amoureuse. Je ne pouvais pourtant différer plus longtemps un départ que de nouveau j'avais annoncé à mes hôtes, et ce jour était le dernier que je devais passer à la Quartfourche. Ce jour-là...

Nous sommes à déjeuner. L'on attend le courrier que Delphine, la femme de Gratien, reçoit du facteur et nous apporte d'ordinaire peu d'instants avant le dessert. C'est à Mme Floche, je vous l'ai dit, qu'elle le remet ; puis celle-ci répartit les lettres et tend le *Journal des Débats* à M. Floche, qui disparaît derrière jusqu'à ce que nous nous levions de table. Ce jour-là, une enveloppe mauve, prise à demi dans la bande du journal, s'échappe du paquet et va voler sur la table près de l'assiette de Mme Floche ; j'ai juste le temps de reconnaître la grande écriture dégingandée qui, la veille, m'avait fait déjà battre le cœur; Mme Floche aussi, apparemment, l'a reconnue; elle fait un geste précipité pour couvrir l'enveloppe avec son assiette; l'assiette s'en va cogner un verre, qui se brise et répand du vin sur la nappe; tout cela fait un grand vacarme et la bonne Mme Floche profite de la confusion générale pour subtiliser l'enveloppe dans sa mitaine.

— J'ai voulu écraser une araignée, dit-elle gauchement comme un enfant qui s'excuse. (Elle appelle indifféremment : araignées, les cloportes et les perce-oreilles qui s'échappent parfois de la corbeille de fruits.)

— Et je parie que vous l'avez manquée, dit Mme de Saint-Auréol d'un ton aigre, en se levant et jetant sa serviette non pliée sur la table. Vous viendrez dans le salon me rejoindre, ma sœur. Ces Messieurs m'excuseront : j'ai ma crampe de nombril.

Le repas s'achève en silence. M. Floche n'a rien vu, M. de Saint-Auréol rien compris; Mlle Verdure et l'abbé gardent les yeux fixés sur leur assiette; si Casimir ne se mouchait pas, je crois qu'on le verrait pleurer...

Il fait presque tiède. On a porté le café sur la petite terrasse que forme le perron du salon. Je suis seul à en prendre avec Mlle Verdure et

l'abbé; du salon où sont enfermées ces deux
dames, des éclats de voix nous parviennent;
puis plus rien; ces dames sont montées.

C'est alors, s'il me souvient bien, qu'éclata
la castille du hêtre-à-feuille-de-persil.

Mlle Verdure et l'abbé vivaient en état de
guerre. Les combats n'étaient pas bien sérieux
et l'abbé ne faisait qu'en rire; mais rien n'irri-
tait tant Mlle Verdure que le ton persifleur
qu'il prenait alors; elle se découvrait à tous
coups et l'abbé tirait dans le vif. Presque aucun
jour ne passait sans qu'éclatât entre eux quelqu'une de ces escarmouches que l'abbé nom-
mait des « castilles ». Il prétendait que la vieille
fille en avait besoin pour sa santé; il la faisait
monter à l'arbre comme on emmène un chien
faire un tour. Il n'y apportait peut-être pas de
méchanceté, mais certainement de la malice et
s'y montrait assez provocant. Cela les occupait
tous deux et assaisonnait leur journée.

Le petit incident du dessert nous avait laissés
nerveux. Je cherchais une diversion et, tandis
que l'abbé versait les tasses, ma main rencontra
dans la poche de mon veston un paquet de
feuilles, ramille d'un arbre bizarre qui croissait
près de la grille d'entrée et que j'avais cueillie

le matin pour en demander le nom à Mlle Verdure; non que je fusse bien curieux de le connaître, mais elle se trouvait flattée qu'on fît appel à son savoir.

Car elle s'occupait de botanique. Certains jours elle partait herboriser, portant en bandoulière sur ses robustes épaules une boîte verte qui lui donnait l'aspect bizarre d'une cantinière; elle passait entre son herbier et sa « loupe montée » le temps que lui laissaient les soins domestiques... Donc Mlle Olympe prit la ramille et sans hésiter :

— Ceci, déclara-t-elle, c'est du hêtre-à-feuille-de-persil.

— Curieuse appellation! hasardai-je; ces feuilles lancéolées n'ont pourtant aucun rapport avec celles du...

L'abbé depuis un instant souriait avec pertinence :

— C'est ainsi qu'on appelle à la Quartfourche le *Fagus persicifolia*, fit-il comme négligemment. Mlle Verdure soubresauta :

— Je ne vous savais pas si fort en botanique.

— Non; mais j'entends un peu le latin. Puis, incliné vers moi : Ces dames sont victimes d'un involontaire calembour. *Persicus*, chère Mademoiselle, *persicus* veut dire pêcher, non persil. Le *Fagus persicifolia* dont Monsieur Lacase remar-

quait les feuilles qu'il appelle si justement lancéolées, le *Fagus persicifolia* est un « hêtre à
feuilles de pêcher ».

Mlle Olympe était devenue cramoisie : le
calme qu'affectait l'abbé achevait de la décomposer.

— La vraie botanique ne s'occupe pas des
anomalies et des monstruosités, sut-elle trouver
à dire sans tourner un regard vers l'abbé;
puis vidant sa tasse d'un trait elle partit en
coup de vent.

L'abbé avait froncé sa bouche en cul de
poule, d'où s'échappaient des manières de petits
pets. J'avais grand-peine à retenir mon rire.

— Seriez-vous méchant, Monsieur l'abbé?

— Mais non! mais non... Cette bonne demoiselle, qui ne prend pas assez d'exercice, a
besoin qu'on lui fouette le sang. Elle est très
combative, croyez-moi; quand je reste trois
jours sans pousser ma pointe c'est elle qui vient
ferrailler. A la Quartfourche les distractions
ne sont pas si nombreuses!...

Et tous deux alors, sans parler, nous commen-
çâmes de penser à la lettre du déjeuner.

— Vous avez reconnu cette écriture? me
hasardai-je à demander enfin.

Il haussa les épaules :

— Un peu plus tôt, un peu plus tard, c'est

la lettre qu'on reçoit à 1a Quartfourche deux
fois par an, après le paiement des fermages, et
par laquelle elle annonce à Madame Floche
sa venue.

— Elle va venir? m'écriai-je.

— Calmez-vous! Calmez-vous : vous ne la
verrez pas.

— Et pourquoi ne la pourrai-je point voir?

— Parce qu'elle vient au milieu de la nuit,
qu'elle repart presque aussitôt, qu'elle fuit les
regards et... méfiez-vous de Gratien. Son regard
me scrutait : je ne bronchai point; il reprit
sur un ton irrité :

— Vous ne tiendrez aucun compte de ce que
je vous en dis; je le vois à votre air; mais vous
êtes averti. Allez! faites à votre guise; demain
matin vous m'en donnerez des nouvelles.

Il se leva, me laissa, sans que j'aie pu démêler s'il cherchait à refréner ma curiosité ou
s'il ne s'amusait pas à l'éperonner au contraire.

Jusqu'au soir mon esprit, dont je renonce à
peindre le désordre, fut uniquement occupé
par l'attente. Pouvais-je aimer vraiment Isabelle? Non sans doute, mais, amusé jusqu'au
cœur par une excitation si violente, comment ne
me fussé-je pas mépris? reconnaissant à ma
curiosité toute la frémissante ardeur, la fougue,
l'impatience de l'amour. Les dernières paroles

de l'abbé n'avaient servi qu'à me stimuler davantage; que pouvait contre moi Gratien? J'aurais traversé fourrés d'épines et brasiers!

Certainement quelque chose d'anormal se préparait. Ce soir-là personne ne proposa de partie. Sitôt après souper, Mme de Saint-Auréol commença de se plaindre de ce qu'elle appelait « sa gastérite » et se retira sans façons, tandis que Mademoiselle Verdure lui préparait une infusion. Peu d'instants après, Mme Floche envoya se coucher Casimir; puis, sitôt que l'enfant fut parti :

—Je crois que Monsieur Lacase a grande envie d'en faire autant; il a l'air de tomber de sommeil.

Et comme je ne répondais pas assez promptement à son invite :

—Ah! je crois qu'aucun de nous ne va prolonger bien tard la veillée.

Mlle Verdure se leva pour allumer les bougeoirs; l'abbé et moi nous la suivîmes; je vis Mme Floche se pencher sur l'épaule de son mari qui sommeillait au coin du feu dans la berline; il se leva tout aussitôt, puis entraîna par le bras le baron qui se laissa faire, comme s'il comprenait ce que cela signifiait. Sur le palier du premier étage, où chacun, muni d'un bougeoir, se retirait de son côté :

—Bonne nuit! Dormez bien, me dit l'abbé avec un sourire ambigu.

Je refermai la porte de ma chambre; puis j'attendis. Il n'était encore que neuf heures. J'entendis monter Mme Floche, puis Mlle Verdure. Il y eut sur le palier, entre Mme Floche et Mme de Saint-Auréol qui était ressortie de sa chambre, reprise d'une querelle assez vive, trop loin de moi pour que j'en pusse distinguer les paroles; puis un bruit de portes claquées; puis rien.

Je m'étendis sur mon lit pour mieux réfléchir. Je songeais à l'ironique souhait de bon sommeil dont l'abbé avait accompagné sa dernière poignée de main; j'aurais voulu savoir si lui, de son côté, s'apprêtait au somme, ou si cette curiosité qu'il se défendait d'avoir devant moi, il allait lui lâcher la bride?... mais il couchait dans une autre partie du château, faisant pendant à celle que j'occupais, et où aucun motif plausible ne m'appelait. Pourtant, qui de nous deux serait le plus penaud, si nous nous surprenions l'un l'autre dans le couloir?... Ainsi méditant il m'advint quelque chose d'inavouable, d'absurde, de confondant : je m'endormis.

Oui, moins surexcité sans doute qu'épuisé par l'attente et fatigué en outre par la mauvaise nuit de la veille, je m'endormis profondément.

Le crépitement de la bougie qui achevait
de se consumer m'éveilla; ou, peut-être, vague-
ment perçu à travers mon sommeil, un ébranlement sourd du plancher : certainement quelqu'un avait marché dans le couloir. Je me
dressai sur mon séant. Ma bougie à ce moment
s'éteignit; je demeurai, dans le noir, tout pan-
tois. je n'avais plus pour m'éclairer que quelques
allumettes; j'en grattai une afin de regarder à
ma montre : il était près d'onze heures et
demie; j'écarquillai l'oreille... plus un bruit. A
tâtons je gagnai la porte et l'ouvris.

Non, le cœur ne me battait point; je me
sentais de corps agile, impondérable; d'esprit
calme, subtil, résolu.

A l'autre extrémité du couloir, une grande
fenêtre versait jusqu'à moi une clarté non point
égale comme celle des nuits tranquilles, mais
palpitante et défaillante par instants, car le
ciel était pluvieux et, devant la lune, le vent
charriait d'épais nuages. Je m'étais déchaussé;
j'avançais sans bruit... Je n'avais pas besoin
d'y voir davantage pour gagner le poste d'ob-
servation que je m'étais ménagé : c'était, à côté
de celle de Mᵐᵉ Floche, où vraisemblablement

se tenait le conciliabule, une petite chambre
inhabitée, qu'avait occupée d'abord M. Floche
(il préférait à présent le voisinage de ses livres à
celui de sa femme); la porte de communication,
dont j'avais soigneusement tiré le verrou pour
me mettre à l'abri d'une surprise, avait un peu
fléchi, et je m'étais assuré qu'immédiatement
sous le chambranle je pouvais glisser mon
regard; il me fallait, pour y atteindre, me jucher
sur une commode que j'avais poussée tout
auprès.

A présent passait par cette fente un peu de
lumière qui, renvoyée par le plafond blanc, me
permettait de me guider. Je retrouvai tout
comme je l'avais laissé dans le jour. Je me hissai
sur la commode, plongeai mes regards dans la
chambre voisine...

Isabelle de Saint-Auréol était là.

Elle était devant moi, à quelques pas de
moi... Elle était assise sur un de ces disgracieux
sièges bas sans dossier, qu'on appelait je crois
des « poufs », dont la présence étonnait un peu
dans cette chambre ancienne et que je ne
me souvenais point d'y avoir vu lorsque j'étais
entré porter des fleurs. Mme Floche se tenait

enfoncée dans un grand fauteuil en tapisserie;
une lampe posée sur un guéridon près du fauteuil les éclairait discrètement toutes deux.
Isabelle me tournait le dos; elle s'inclinait en
avant, presque couchée sur les genoux de sa
vieille tante, de sorte que d'abord je ne vis pas
son visage; bientôt elle releva la tête. Je m'attendais à la trouver davantage vieillie; pourtant
je reconnaissais à peine en elle la jeune fille
du médaillon; non moins belle sans doute,
elle était d'une beauté très différente, plus
terrestre et comme humanisée, l'angélique candeur de la miniature le cédait à une langueur
passionnée, et je ne sais quel dégoût froissait
le coin de ses lèvres que le peintre avait dessinées
entrouvertes. Un grand manteau de voyage,
une sorte de waterproof, d'une étoffe assez
commune semblait-il, la recouvrait, mais relevé
de côté, laissait voir une jupe noire de taffetas
luisant sur lequel sa main dégantée, qu'elle
laissait pendre et qui tenait un mouchoir
chiffonné, paraissait extraordinairement pâle
et fragile. Une petite capote de feutre et de
plumes moirées, à brides de taffetas, la coiffait;
une boucle de cheveux très noirs, repassait
par-dessus la bride et, dès qu'elle baissait la
tête, revenait en avant cacher la tempe. On
l'aurait dite en deuil sans un ruban vert sca-

rabée qu'elle portait autour du cou. Mme Floche ni elle ne disaient rien; mais, de sa main droite, Isabelle caressait le bras, la main de Mme Floche et l'attirait à elle, et puis la couvrait de baisers.

A présent elle secouait la tête et ses boucles flottaient de gauche à droite; alors, comme si elle reprenait une phrase :

— Tous les moyens, dit-elle; j'ai vraiment essayé tous les moyens; je te jure que...

—·Ne jurez point, ma pauvre enfant; je vous crois sans cela, interrompit la pauvre vieille en lui posant la main sur le front. Toutes deux parlaient à voix très basse comme si elles eussent craint d'être entendues.

Mme Floche se redressa, repoussa doucement sa nièce, et, s'appuyant sur les deux bras de son fauteuil, se leva. Mlle de Saint-Auréol se leva pareillement, et tandis que sa tante se dirigeait vers le secrétaire d'où Casimir, avant-hier, avait sorti le médaillon, elle fit quelques pas dans le même sens, s'arrêta devant une console qui supportait un grand miroir et, pendant que la vieille fouillait dans un tiroir, s'avisant à son reflet du ruban émeraude qu'elle portait autour du cou, elle le détacha preste-ment, le roula autour de son doigt... Avant que Mme Floche ne se fût retournée, le ruban vif avait disparu, Isabelle avait pris une attitude

méditative, les mains retombées et croisées
devant elle, le regard perdu...

La pauvre vieille Floche tenait encore d'une
main son trousseau de clefs, de l'autre la maigre
liasse qu'elle avait été querir dans le tiroir;
elle allait se rasseoir dans son fauteuil, quand
la porte, en face de celle où j'étais posté, s'ouvrit brusquement toute grande — et je fail-
lis crier de stupeur. La baronne apparaissait
dans l'embrasure, guindée, décolletée, fardée,
en grand costume d'apparat et le chef surmonté
d'une sorte de plumeau-marabout gigantesque.
Elle brandissait de son mieux un grand candélabre à six branches, toutes bougies allumées,
qui la baignait d'une tremblotante lumière,
et répandait des pleurs de cire sur le plancher.
A bout de forces sans doute, elle commença
par courir poser le candélabre sur la console
devant la glace; puis reprenant en quatre
petits bonds sa position dans l'embrasure, elle
s'avança de nouveau, à pas rythmés, solennelle,
portant loin devant elle étendue sa main chargée
d'énormes bagues. Au milieu de la chambre
elle s'arrêta, se tourna tout d'une pièce du côté
de sa fille, le geste toujours tendu, et, avec une
voix aiguë à percer les murailles :

— Arrière de moi, fille ingrate! Je ne me
laisserai plus émouvoir par vos larmes, et vos

protestations ont perdu pour jamais le chemin de mon cœur.

Tout cela était débité, crié sur le même fausset sans nuances. Isabelle cependant s'était jetée aux pieds de sa mère, dont elle avait saisi la jupe, et la tirait, découvrant deux ridicules petits escarpins de satin blanc, cependant que de son front elle heurtait le plancher qu'un tapis recouvrait à cet endroit. Mme de Saint-Auréol ne baissa pas les yeux un instant, continua de lancer droit devant elle des regards aigus et glacés comme sa voix :

— Ne vous aura-t-il pas suffi d'apporter au foyer de vos parents la misère; prétendez-vous poursuivre plus loin les...

Ici brusquement la voix lui manqua; alors se tournant vers Mme Floche qui se faisait toute petite et qui tremblait dans son fauteuil :

— Et quant à vous, ma sœur, si vous avez encore la faiblesse... — puis se reprenant : — Si vous avez la coupable faiblesse de céder encore à ces supplications, fût-ce pour un baiser, fût-ce pour une obole, aussi vrai que je suis votre sœur aînée, je vous quitte, je recommande à Dieu mes pénates, et je ne vous revois de ma vie.

J'étais comme au spectacle. Mais puisqu'elles ne se savaient pas observées, pour qui ces deux

marionnettes jouaient-elles la tragédie? Les
attitudes et les gestes de la fille me paraissaient
aussi exagérés, aussi faux que ceux de la mère...
Celle-ci me faisait face, de sorte que je voyais
de dos Isabelle qui, prosternée, gardait sa pose
d'Esther suppliante; tout à coup je remarquai
ses pieds : ils étaient chaussés en pou-de-soie
couleur prune, autant qu'il me sembla et que
l'on en pouvait juger encore sous la couche
de boue qui recouvrait les bottines; au-dessus,
un bas blanc, où le volant de la jupe, en se
relevant, mouillé, fangeux, avait fait une traî-
née sale... Et soudain, plus haut que la décla-
mation de la vieille, retentit en moi tout ce
que ces pauvres objets racontaient d'aventu-
reux, de misérable. Un sanglot m'étreignit la
gorge; et je me promis, quand Isa quitterait
la maison, de la suivre à travers le jardin.

Mme de Saint-Auréol cependant avait fait
trois pas vers le fauteuil de Mme Floche :

— Allons! donnez-moi ces billets! Pensez-
vous que sous votre mitaine je ne voie pas se
froisser le papier? Me croyez-vous aveugle,
ou folle? Donnez-moi cet argent, vous dis-je!

— Et, mélodramatiquement, approchant les
billets dont elle s'était emparée, de la flamme
d'une des bougies du candélabre : — Je pré-
férerais brûler le tout (faut-il dire qu'elle n'en

faisait rien) plutôt que de lui donner un liard.

Elle glissa les billets dans sa poche et reprit son geste déclamatoire :

— Fille ingrate! Fille dénaturée! Le chemin qu'ont pris mes bracelets et mes colliers, vous saurez l'apprendre à mes bagues! — Ce disant, d'un geste habile de sa main étendue, elle en fit tomber deux ou trois sur le tapis. Comme un chien affamé se jette sur un os, Isabelle s'en saisit.

— Partez, à présent : nous n'avons plus rien à nous dire, et je ne vous reconnais plus.

Puis ayant été prendre un éteignoir sur la table de nuit, elle en coiffa successivement chaque bougie du candélabre, et partit.

La pièce à présent paraissait sombre. Isabelle cependant s'était relevée; elle passait ses doigts sur ses tempes, rejetait en arrière ses boucles éparses et rajustait son chapeau. D'une secousse elle remonta son manteau qui avait un peu glissé de ses épaules, et se pencha vers Mme Floche pour lui dire adieu. Il me parut que la pauvre femme cherchait à lui parler, mais c'était d'une voix si faible que je ne pus rien distinguer. Isabelle sans rien dire pressa une des tremblantes mains de la vieille contre ses lèvres. Un instant après je m'élançais à sa poursuite dans le couloir.

Au moment de descendre l'escalier, un bruit
de voix m'arrêta. Je reconnus celle de
Mlle Verdure qu'Isabelle avait déjà rejointe
dans le vestibule, et je les aperçus toutes deux
en me penchant par-dessus la rampe. Olympe
Verdure tenait une petite lanterne à la main.

— Tu vas partir sans l'embrasser ? disait-
elle, — et je compris qu'il s'agissait de Casimir. — Tu ne veux donc pas le voir ?

— Non, Loly ; je suis trop pressée. Il ne doit
pas savoir que je suis venue.

Il y eut un silence, une pantomime que
d'abord je ne compris pas bien. La lanterne s'agita projetant des ombres bondissantes.
Mlle Verdure s'avançant, Isabelle se reculant,
toutes deux se déplacèrent de quelques pas ;
puis j'entendis :

— Si ; si ; en souvenir de moi. Je le gardais
depuis longtemps. A présent que je suis vieille,
qu'est-ce que je ferais de cela ?

— Loly ! Loly ! Vous êtes ce que je laisse
ici de meilleur.

Mlle Verdure la pressait entre ses bras :

— Ah ! pauvrette ! comme elle est trempée !

— Mon manteau seulement... ce n'est rien.
Laisse-moi partir vite.

— Prends un parapluie au moins.

— Il ne pleut plus.

— La lanterne.

— Qu'est-ce que j'en ferais? La voiture est tout près. Adieu.

— Allons! Adieu, ma pauvre enfant! Que Dieu te... le reste se perdit dans un sanglot. Mlle Verdure resta quelques instants penchée dans la nuit, et une bouffée d'air humide monta du dehors dans la cage de l'escalier; puis, sur la porte refermée, je l'entendis pousser les verrous...

Je ne pouvais passer devant Mlle Verdure. Gratien emportait chaque soir la clef de la porte de la cuisine. Une autre porte ouvrait de l'autre côté de la maison, par où facilement j'eusse pu sortir, mais c'était un détour énorme. Avant que je ne l'aie retrouvée, Isabelle aurait déjà rejoint sa voiture. Ah! si de ma fenêtre je l'appelais... Je courus à ma chambre. La lune était de nouveau recouverte; guettant un bruit de pas j'attendis un instant; un souffle puissant s'éleva et, tandis que Gratien rentrait par la cuisine, à travers la chuchotante agitation des arbres, j'entendis la voiture d'Isabelle de Saint-Auréol s'éloigner.

VII

Je m'étais mis fort en retard, et, sitôt de
retour à Paris, s'emparèrent de moi mille soucis
qui déroutèrent enfin mes pensées. La résolution
que j'avais prise de retourner l'été suivant à la
Quartfourche tempérait mes regrets de n'avoir
su pousser plus loin une aventure que je
commençais d'oublier lorsque, vers la fin de
janvier, je reçus un double faire-part. Les époux
Floche avaient tous deux exhalé vers Dieu leur
âme tremblante et douce, à quelques jours
d'intervalle. Je reconnus sur l'enveloppe du
faire-part l'écriture de Mlle Verdure; mais c'est
à Casimir que j'envoyai l'expression banale de
mes regrets et de ma sympathie. Deux semaines
après je reçus cette lettre :

Mon cher Monsieur Gérard,

(L'enfant n'avait jamais pu se décider à
m'appeler par mon nom de famille.

— Comment vous appelez-vous, vous ? m'avait-il demandé dans une promenade, précisément le jour où j'avais commencé à le tutoyer.

— Mais tu le sais bien, Casimir ; je m'appelle Monsieur Lacase.

— Non ; pas ce nom-là ; l'autre ? réclamait-il.)

Vous êtes bien bon de m'avoir écrit, et votre lettre a été bien bonne parce qu'à présent la Quartfourche est bien triste. Ma grand-maman avait eu jeudi une attaque et ne pouvait plus quitter sa chambre ; alors maman est revenue à la Quartfourche et l'abbé est parti parce qu'il avait été curé du Breuil. C'est après ça que mon oncle et ma tante sont morts. D'abord mon oncle est mort, qui vous aimait bien, et puis dimanche après ma tante qui a été malade trois jours. Maman n'était plus là. J'étais tout seul avec Loly et Delphine, la femme de Gratien, qui m'aime bien ; et ç'a été très triste parce que ma tante ne voulait pas me quitter. Mais il a bien fallu. Alors maintenant je couche dans la chambre à côté de Delphine, parce que Loly a été rappelée dans l'Orne par son frère. Gratien aussi est très bon pour moi. Il m'a montré à faire des boutures et des greffes, ce qui est très amusant, et puis j'aide à abattre les arbres.

Vous savez, votre petit papier ousque vous avez écrit votre promesse, il faut l'oublier parce qu'il n'y aurait

plus personne ici pour vous recevoir. Mais ça me fait
beaucoup de chagrin de ne pas vous revoir parce que
je vous aimais bien. Mais je ne vous oublie pas.

Votre petit ami.
CASIMIR.

La mort de M. et Mme Floche m'avait laissé
assez indifférent, mais cette lettre maladroite et
dépourvue me remua. Je n'étais pas libre en
ce moment, mais je me promis, dès les vacances
de Pâques, de pousser une reconnaissance jusqu'à la Quartfourche. Que m'importait qu'on
ne pût m'y recevoir? Je descendrais à Pont-
l'Évêque et louerais une voiture. Ai-je besoin
d'ajouter que la pensée d'y retrouver peut-être
la mystérieuse Isabelle m'y attirait autant que
ma grande pitié pour l'enfant. Certains pas-
sages de cette lettre me restaient incompréhen-
sibles; j'enchaînais mal les faits... L'attaque de
la vieille, l'arrivée d'Isabelle à la Quartfourche,
le départ de l'abbé, la mort des vieux à laquelle leur nièce n'assistait point, le départ de
Mlle Verdure... ne fallait-il voir là qu'une suite
fortuite d'événements, ou chercher entre eux
quelque rapport? Ni Casimir n'aurait su, ni
l'abbé voulu m'en instruire. Force était d'attendre avril. Dès mon second jour de liberté, je
partis.

A la station du Breuil, j'aperçus l'abbé Santal qui s'apprêtait à prendre mon train; je le hélai :

— Vous revoilà dans le pays, fit-il.

— Je ne pensais pas en effet y revenir si tôt.

Il monta dans mon compartiment. Nous étions seuls.

— Eh bien! Il y a eu du nouveau depuis votre visite.

— Oui; j'ai appris que vous desserviez à présent la cure du Breuil.

— Ne parlons pas de cela; et il étendait la main d'un geste que je reconnus. Vous avez reçu un faire-part?

— Et j'ai envoyé aussitôt mes condoléances à votre élève; c'est par lui que j'ai eu ensuite des nouvelles; mais il m'a peu renseigné. J'ai failli vous écrire pour vous demander quelques détails.

— Il fallait le faire.

— J'ai pensé que vous ne me renseigneriez pas volontiers, ajoutai-je en riant.

Mais, sans doute tenu à moins de discrétion que du temps où il était à la Quartfourche, l'abbé semblait disposé à parler.

— Croyez-vous que c'est malheureux, ce qui se passe là-bas? dit-il. Toutes les avenues vont y passer!

Je ne comprenais point d'abord; puis la

phrase de Casimir me revint à la mémoire :
« J'aide à abattre des arbres... »

— Pourquoi fait-on cela ? demandai-je naïve-
ment.

— Pourquoi ? mon bon Monsieur. Allez donc
le demander aux créanciers. Au reste ça n'est
pas eux que ça regarde, et tout se fait derrière
leur dos. La propriété est couverte d'hypo-
thèques. Mademoiselle de Saint-Auréol enlève
tout ce qu'elle peut.

— Elle est là-bas ?

— Comme si vous ne le saviez pas !

— Je le supposais simplement d'après quelques
mots de...

— C'est depuis qu'elle est là-bas que tout va
mal. — Il se ressaisit un instant; mais cette
fois le besoin de parler l'emporta; il n'attendait
même plus mes questions et je jugeai plus
sage de n'en point faire; il reprit :

— Comment a-t-elle appris la paralysie de
sa mère ? c'est ce que je n'ai pas pu m'expliquer. Quand elle a su que la vieille baronne ne
pouvait plus quitter son fauteuil, elle s'est
amenée avec son bagage, et Madame Floche
n'a pas eu le courage de la mettre dehors.
C'est alors que moi je suis parti.

— Il est très triste que vous ayez ainsi laissé
Casimir.

— C'est possible, mais ma place n'est pas auprès d'une créature... J'oublie que vous la défendiez!...

— Je le ferais peut-être encore, Monsieur le curé.

— Allez toujours. Oui, oui; Mademoiselle Verdure aussi la défendait. Elle l'a défendue jusqu'au temps qu'elle ait vu mourir ses maîtres.

J'admirais que l'abbé eût à peu près complètement dépouillé cette élégance de langage qu'il revêtait à la Quartfourche; il avait adopté déjà le geste et le parler propres aux curés des villages normands. Il reprit, poursuivant son propos :

— A elle aussi ça a paru drôle de les voir mourir tous les deux à la fois.

— Est-ce que... ?

— Je ne dis rien; — et il gonflait sa lèvre supérieure par vieille habitude, mais repartait tout aussitôt :

— N'empêche que dans le pays on jasait. Ça déplaisait de voir hériter la nièce. Et vous voyez qu'elle aussi, la Verdure, a jugé préférable de s'en aller.

— Qui reste auprès de Casimir?

— Ah! vous avez tout de même compris que sa mère n'est pas une société pour l'enfant. Eh bien! il passe presque tout son temps chez les Chointreuil, vous savez bien : le jardinier et sa femme.

— Gratien?

— Oui, Gratien; qui voulait s'opposer à ce qu'on abattît des arbres dans le parc; mais il n'a pu empêcher rien du tout. C'est la misère.

— Les Floche n'étaient pourtant pas sans argent.

— Mais tout était mangé, du premier jour, mon bon Monsieur. Sur trois fermes de la Quartfourche, Madame Floche en possédait deux qu'on a vendues, il y a beau temps, aux fermiers. La troisième, la petite ferme des Fonds, appartient encore à la baronne; elle n'était plus affermée, Gratien en surveillait le faire-valoir; mais elle sera bientôt mise en vente avec le reste.

— La Quartfourche va être mise en vente!

— Par adjudication. Mais ça ne pourra pas se faire avant la fin de l'été. En attendant je vous prie de croire que la demoiselle profite. Il lui faudra bien finir par mettre les pouces; quand on aura déjà enlevé la moitié des arbres...

— Comment se trouve-t-il quelqu'un pour les lui acheter, si elle n'a pas le droit de les vendre?

— Ah! vous êtes jeune encore. Quand on vend à vil prix, on trouve toujours acquéreur.

— Le moindre huissier peut empêcher cela.

— L'huissier s'entend avec l'homme d'affaires des créanciers, qui s'est installé là-bas et — il se pencha vers mon oreille — qui couche avec elle, puisqu'il vous plaît de tout savoir.

— Les livres et les papiers de Monsieur Floche? demandai-je, sans paraître ému par sa dernière phrase.

— Le mobilier du château et la bibliothèque feront l'effet d'une vente prochaine; ou pour parler mieux : d'une saisie. Là-bas, personne heureusement ne se doute de la valeur de certains ouvrages; sans quoi ceux-ci auraient disparu depuis longtemps.

— Un coquin peut surgir...

— A présent les scellés sont posés; n'ayez crainte; on ne les lèvera qu'à l'occasion de l'inventaire.

— Que dit de tout cela la baronne?

— Elle ne se doute de rien; on lui porte à manger dans sa chambre; elle ne sait seulement pas que sa fille est là.

— Vous ne dites rien du baron?

— Il est mort il y a trois semaines, à Caen, dans une maison de retraite où nous venions de le faire accepter.

Nous arrivions à Pont-l'Évêque. Un prêtre était venu à la rencontre de l'abbé Santal, qui prit congé de moi après m'avoir indiqué un hôtel et un loueur de voitures.

La voiture que je louai le lendemain me déposa à l'entrée du parc de la Quartfourche; il fut convenu qu'elle viendrait me reprendre dans une couple d'heures, après que les chevaux se seraient reposés dans l'écurie d'une des fermes.

Je trouvai la grille du parc grande ouverte; le sol de l'allée était abîmé par les charrois. Je m'attendais au plus affreux saccage et fus joyeusement surpris, à l'entrée, de reconnaître bourgeonnant le « hêtre à feuilles de pêcher », connaissance illustre; je ne réfléchis pas que sans doute il ne devait la vie qu'à la médiocre qualité de son bois; en avançant, je constatai que la hache avait déjà frappé les plus beaux arbres. Avant de m'enfoncer dans le parc, je voulus revoir le petit pavillon où j'avais découvert la lettre d'Isabelle; mais, suppléant la serrure brisée, un cadenas maintenait la porte (j'appris ensuite que les bûcherons serraient dans ce pavillon des outils et des vêtements). Je m'acheminai vers le château. L'allée que je suivais était droite, bordée de buissons bas; elle ne donnait pas sur la façade, mais sur le côté des communs; elle menait à la cuisine et, presque vis-à-vis de celle-ci, s'ouvrait la petite barrière du jardin potager; j'en étais encore assez éloigné lorsque je vis sortir du potager Gratien avec un panier de légumes; il m'aperçut mais ne me reconnut pas d'abord; je le hélai; il vint à ma rencontre, et brusquement :

— Ah ben, Monsieur Lacase! pour sûr qu'on ne vous attendait pas à cette heure! Il restait à me regarder, hochant la tête et ne dissimulant pas la contrariété que lui causait ma présence; pourtant il ajouta, plus doucement :

— Tout de même le petit sera content de vous revoir.

Nous avions fait quelques pas sans parler, du côté de la cuisine; il me fit signe de l'attendre et entra poser son panier.

— Alors vous êtes venu voir ce qui se passe à la Quartfourche, dit-il, en revenant à moi, plus civilement.

— Et il paraît que ça n'y va pas bien fort? Je le regardai; son menton tremblait; il restait sans me répondre; brusquement il me saisit par le bras et m'entraîna vers la pelouse qui s'étendait devant le perron du salon. Là gisait le cadavre d'un chêne énorme, sous lequel je me souvins de m'être abrité de la pluie à

l'automne : autour de lui s'entassaient en
bûches et en fagots ses branches dont, avant de
l'abattre, on l'avait dépouillé.

— Savez-vous combien ça vaut, un arbre
comme ça? me dit-il : Douze pistoles. Et
savez-vous combien ils l'ont payé? — Celui-là
tout comme les autres... Cent sous.

Je ne savais pas que dans ce pays ils appelaient
pistoles les écus de dix francs; mais ce n'était
pas le moment de demander un éclaircissement.
Gratien parlait d'une voix contractée. Je me
tournai vers lui; il essuya du revers de sa main,
sur son visage, larmes ou sueur puis, serrant les
poings :

— Oh! les bandits! les bandits! Quand je les
entends taper du couperet ou de la hache,
Monsieur, je deviens fou; leurs coups me
portent sur la tête; j'ai envie de crier au
secours! au voleur! j'ai envie de cogner à mon
tour; j'ai envie de tuer. Avant-hier j'ai passé la
moitié du jour dans la cave; j'entendais moins...
Au commencement, le petit, ça l'amusait de
voir travailler les bûcherons; quand l'arbre était
près de tomber, on l'appelait pour tirer sur la
corde; et puis, quand ces brigands se sont appro-
chés du château, abattant toujours, le petit a
commencé à trouver ça moins drôle; il disait :
ah! pas celui-ci! pas celui-là! — Mon pauvre

gars, que je lui ai dit, celui-là ou un autre, c'est toujours pas pour toi qu'on les laisse. Je lui ai bien dit qu'il ne pourrait pas demeurer à la Quartfourche; mais c'est trop jeune; il ne comprend pas que rien n'est déjà plus à lui. Si seulement on pouvait nous garder sur la petite ferme; je l'y prendrais bien volontiers avec nous, pour sûr; mais qui sait seulement qui va l'acheter, et le gredin qu'on va vouloir y mettre à notre place!... Voyez-vous, Monsieur, je ne suis pas encore bien vieux, mais j'aurais mieux aimé mourir avant d'avoir vu tout cela.

— Qui est-ce qui habite au château, maintenant?

— Je ne veux pas le savoir. Le petit mange avec nous à la cuisine; ça vaut mieux. Madame la baronne ne quitte plus sa chambre; heureusement pour elle, la pauvre dame... C'est Delphine qui lui porte ses repas, en passant par l'escalier de service rapport à ceux qu'elle ne veut pas croiser. Les autres ont quelqu'un qui les sert et à qui nous ne parlons pas.

— Est-ce qu'on ne doit pas bientôt faire une saisie du mobilier?

— Alors on tâchera d'emmener Madame la baronne sur la ferme, en attendant qu'on mette la ferme en vente avec le château.

— Et Made... et sa fille? demandai-je en
hésitant, car je ne savais comment la nommer.

— Elle peut bien aller où il lui plaira; mais
pas chez nous. C'est pourtant à cause d'elle,
tout ce qui arrive.

Sa voix tremblait d'une si grave colère que
je compris à ce moment comment cet homme
avait pu aller jusqu'au crime pour protéger
l'honneur de ses maîtres.

— Elle est dans le château, maintenant?

— A l'heure qu'il est, elle doit se promener
dans le parc. Paraît que ça ne lui fait pas de mal,
à elle; elle regarde les ébrancheurs; il y a
même des jours qu'elle cause avec eux, sans
honte. Mais quand il pleut, elle ne quitte pas
sa chambre; tenez, celle qui fait le coin; elle
se tient tout contre la vitre et regarde dans le
jardin. Si son homme n'était pas à Lisieux pour
le quart d'heure, je ne sortirais pas comme je
fais. Ah! on peut dire que c'est du beau monde,
Monsieur Lacase; pour sûr! Si seulement nos
pauvres vieux maîtres revenaient pour voir ça
chez eux, ils retourneraient, bien vite où ils
reposent.

— Casimir est par là?

— Je pense qu'il se promène dans le parc
lui aussi. Voulez-vous que je l'appelle?

— Non; je saurai bien le trouver. A tantôt.

Je vous reverrai sans doute, Delphine et vous, avant de partir.

Le saccage des bûcherons paraissait plus atroce encore à ce moment de l'année où tout s'apprêtait à revivre. Dans l'air attiédi les rameaux déjà se gonflaient; des bourgeons éclataient et, coupée, chaque branche pleurait sa sève. J'avançais lentement, non point tant triste moi-même qu'exalté par la douleur du paysage, grisé peut-être un peu par la puissante odeur végétale que l'arbre mourant et la terre en travail exhalaient. A peine étais-je sensible au contraste de ces morts avec le renouveau du printemps; le parc, ainsi, s'ouvrait plus largement à la lumière qui baignait et dorait également mort et vie; mais cependant, au loin, le chant tragique des cognées, occupant l'air d'une solennité funèbre, rythmait secrètement les battements heureux de mon cœur, et la vieille lettre d'amour, que j'avais emportée, dont je m'étais promis de ne me point servir, mais que par instants je pressais sur mon cœur, le brûlait. Rien plus ne saurait m'empêcher aujourd'hui, me redisais-je, et je souriais de sentir mes pas se presser à la seule pensée d'Isabelle; ma volonté n'y pouvait, mais une force intérieure m'activait. J'admirais par quel excès de vie cet accent de sauvagerie que la

déprédation apportait à la beauté du paysage en
aiguisait pour moi la jouissance; j'admirais
que les médisances de l'abbé eussent si peu
fait pour me détacher d'Isabelle et que tout
ce que je découvrais d'elle avivât inavoua-
blement mon désir... Qu'est-ce qui l'attachait
encore à ces lieux, peuplés de hideux souvenirs?
De la Quartfourche vendue, je le savais, rien
ne devait lui rester ni lui revenir. Que ne
s'enfuyait-elle? Et je rêvais de l'enlever ce soir
dans ma voiture; je précipitais mon allure; je
courais presque, quand soudain, loin devant
moi, je l'aperçus. C'était elle, à n'en pas douter,
en deuil et nu-tête, assise sur le tronc d'un
arbre abattu en travers de l'allée. Mon cœur
battit si fort que je dus m'arrêter quelques
instants; puis, vers elle, lentement j'avançai,
tranquille et indifférent promeneur.

— Excusez-moi, Madame... je suis bien ici
à la Quartfourche?

Un petit panier à ouvrage était posé sur le
tronc d'arbre à côté d'elle plein de bobines,
d'instruments de couture, de morceaux de
crêpe enroulés sur eux-mêmes ou défaits, et
elle s'occupait à en disposer quelques lambeaux
sur une modeste capote de feutre qu'elle tenait
à la main; un ruban vert, que sans doute elle
venait d'en arracher, traînait à terre. Un très

court mantelet de drap noir couvrait ses épaules, et, quand elle leva la tête, je remarquai l'agrafe vulgaire qui en retenait le col clos. Sans doute m'avait-elle aperçu de loin, car ma voix ne parut pas la surprendre.

— Vous veniez pour acheter la propriété? dit-elle, et sa voix que je reconnus me fit battre le cœur. Que son front découvert était beau!

— Oh! je venais en simple visiteur. Les grilles étaient ouvertes et j'ai vu des gens circuler. Mais peut-être était-il indiscret d'entrer?

— A présent, peut bien entrer qui veut! Elle soupira profondément, mais se reprit à son ouvrage comme si nous ne pouvions avoir rien de plus à nous dire.

Ne sachant comment continuer un entretien qui peut-être serait unique, qui devait être décisif, mais que le temps ne me paraissait pas venu de brusquer; soucieux d'y apporter quelque précaution, et la tête et le cœur uniquement pleins d'attente et de questions que je n'osais encore poser, je demeurais devant elle, chassant du bout de ma canne de menus éclats de bois, si gêné, si impertinent à la fois et si gauche, qu'à la fin elle releva les yeux, me dévisagea et je crus qu'elle allait éclater de rire; mais elle me dit simplement, sans doute

parce qu'alors je portais un chapeau mou sur
des cheveux longs, et parce que ne me pressait
apparemment aucune occupation pratique :

— Vous êtes artiste?

— Hélas! non, répliquai-je en souriant; mais
qu'à cela ne tienne; je sais goûter la poésie.
Et sans oser la regarder encore, je sentais son
regard m'envelopper. L'hypocrite banalité de
nos propos m'est odieuse et je souffre à les
rapporter...

— Comme ce parc est beau, reprenais-je.

Il me parut qu'elle ne demandait qu'à
causer et n'était embarrassée, ainsi que moi,
que de savoir comment engager l'entretien;
car elle se récria que je ne pouvais malheureu-
sement juger en cette saison de ce que pouvait
devenir à l'automne ce parc, encore grelottant
et mal réveillé de l'hiver — du moins ce qu'il
avait pu devenir, reprit-elle; qu'en restera-t-il
désormais après l'affreux travail des bûcherons?...

— Ne pouvait-on les empêcher? m'écriai-je.

— Les empêcher! répéta-t-elle ironiquement
en levant très haut les épaules; et je crus qu'elle
me montrait son misérable chapeau de feutre
pour témoigner de sa détresse, mais elle le
levait pour le reposer sur sa tête, rejeté en
arrière et laissant découvert son front; puis

elle commença de ranger ses morceaux de crêpe comme si elle s'apprêtait à partir. Je me baissai, ramassai à ses pieds le ruban vert, le lui tendis.

— Qu'en ferais-je, à présent? dit-elle sans le prendre. Vous voyez que je suis en deuil.

Aussitôt je l'assurai de la tristesse avec laquelle j'avais appris la mort de M. et Mme Floche, puis enfin celle du baron; et comme elle s'étonnait que j'eusse connu ses parents, je lui laissai savoir que j'avais vécu auprès d'eux douze jours du dernier octobre.

— Alors pourquoi tout à l'heure avez-vous feint de ne savoir où vous étiez? repartit-elle brusquement.

— Je ne savais comment vous aborder. Puis, sans trop me découvrir encore, je commençai de lui raconter quelle passionnée curiosité m'avait retenu de jour en jour à la Quart-fourche dans l'espoir de la rencontrer et (car je ne lui parlai pas de la nuit où mon indiscrétion l'avait surprise) mes regrets enfin de regagner Paris sans l'avoir vue.

— Qu'est-ce donc qui vous avait donné si grand désir de me connaître?

Elle ne faisait plus mine de partir. J'avais traîné jusqu'en face d'elle, près d'elle, un épais fagot où je m'étais assis; plus bas qu'elle, je levais les yeux pour la voir; elle s'occupait enfantinement à pelotonner des rubans de crêpe et je ne saisissais plus son regard. Je lui parlai de sa miniature et m'inquiétai de ce qu'avait pu devenir ce portrait dont j'étais amoureux; mais elle ne le savait point.

— Sans doute le retrouvera-t-on en levant les scellés... Et il sera mis en vente avec le reste, ajouta-t-elle avec un rire dont la séche-resse me fit mal. — Pour quelques sous vous pourrez l'acquérir, si le cœur vous en dit toujours.

Je protestai de mon chagrin de la voir ne prendre pas au sérieux un sentiment dont l'expression seule était brusque, mais qui depuis longtemps m'occupait; mais à présent elle demeurait impassible et semblait résolue à ne plus écouter rien de moi. Le temps pressait. N'avais-je pas sur moi de quoi violenter son silence? L'ardente lettre frémissait sous mes doigts. J'avais préparé je ne sais quelle histoire d'anciennes relations de ma famille avec celle de Gonfreville, pensant l'amener incidemment à parler; mais à ce moment je ne sentis plus que l'absurdité de ce mensonge et commençai de raconter tout simplement par quel mysté-rieux hasard cette lettre — et je la lui tendis — était tombée entre mes mains.

—Ah! je vous en conjure, Madame! ne déchirez pas ce papier! Rendez-le-moi...

Elle était devenue mortellement pâle et garda quelques instants sans la lire la lettre ouverte sur ses genoux; le regard vague, les paupières battantes, elle murmurait :

—Oublié de la reprendre! Comment avais-je pu l'oublier?

—Sans doute aurez-vous cru qu'elle lui était parvenue, qu'il était venu la chercher...

Elle ne m'écoutait toujours pas. Je fis un mouvement pour me ressaisir de la lettre; mais elle se méprit à mon geste :

—Laissez-moi, cria-t-elle en repoussant brutalement ma main. Elle se souleva, voulut fuir. A genoux devant elle, je la retins.

—N'ayez pas peur de moi, Madame; vous voyez bien que je ne vous veux aucun mal; et, comme elle se rasseyait, ou plutôt retombait sans force, je la suppliai de ne pas m'en vouloir si le hasard avait choisi pour elle un confident involontaire, mais de me continuer une confiance que je jurai de ne point trahir; ah! que ne me parlait-elle à présent comme à un ami véritable et comme si je ne savais rien d'elle qu'elle-même ne m'eût appris?

Les larmes que je répandais en parlant firent

peut-être plus pour la convaincre que mes
paroles.

— Hélas! repris-je, je sais quelle mort misérable enlevait, ce même soir, votre amant...
Mais comment avez-vous appris votre deuil?
Cette nuit que vous l'attendiez, prête à fuir
avec lui, que pensiez-vous? que fîtes-vous en
ne le voyant pas apparaître?

— Puisque vous savez tout, dit-elle d'une
voix désolée, vous savez bien que je n'avais
plus à l'attendre, après que j'avais averti Gratien.

J'eus de l'affreuse vérité une intuition si
subite que ces mots m'échappèrent comme un
cri :

— Quoi? c'est vous qui l'avez fait tuer?

Alors laissant tomber à terre la lettre et le
panier dont les menus objets se répandirent,
elle courba son front dans ses mains et commença de sangloter éperdument. Je me penchai
vers elle et tentai de prendre une de ses mains
dans les miennes.

— Non! vous êtes ingrat et brutal.

Mon imprudente exclamation coupait court
à sa confidence; elle se raidissait à présent
contre moi; cependant je restais assis devant
elle, bien résolu à ne la quitter point qu'elle
ne se fût expliquée davantage. Ses sanglots

enfin s'apaisèrent; je lui persuadai doucement
qu'elle avait déjà trop parlé pour pouvoir
impunément se taire, mais qu'une confession
sincère ne saurait la diminuer à mes yeux et
qu'aucun aveu ne me serait plus pénible que
son silence. Les coudes sur les genoux, ses mains
croisées cachant son front, voici ce qu'elle me
raconta.

La nuit qui précéda celle qu'elle avait fixée
pour sa fuite, dans l'amoureuse exaltation de
la veillée, elle avait écrit cette lettre; le lendemain, elle l'avait portée au pavillon, glissée
en cet endroit secret que Blaise de Gonfreville
connaissait et où elle savait que bientôt il
viendrait la prendre. Mais sitôt de retour au
château, lorsqu'elle s'était retrouvée dans cette
chambre qu'elle voulait quitter pour jamais,
une angoisse indicible l'avait saisie, la peur de
cette liberté inconnue qu'elle avait si sauva-
gement désirée, la peur de cet amant qu'elle
appelait encore, de soi-même et de ce qu'elle
craignait d'oser. Oui la résolution était prise,
oui le scrupule refoulé, la honte bue, mais à
présent que rien ne la retenait plus, devant la
porte ouverte pour sa fuite, le cœur brusquement lui manquait. L'idée de cette fuite lui
devenait odieuse, intolérable; elle courait dire
à Gratien que le baron de Gonfreville avait

projeté de l'enlever aux siens cette nuit même,
qu'on le trouverait rôdant avant le soir auprès
du pavillon de la grille, dont il fallait déjà
l'empêcher d'approcher.

Je m'étonnai qu'elle ne fût point allée simplement rechercher elle-même cette lettre et
la remplacer par une autre où d'une si folle
entreprise elle eût découragé son amant. Mais
aux questions que je lui posais elle se dérobait
sans cesse, répétant en pleurant qu'elle savait
bien que je ne la pouvais comprendre et qu'elle-
même ne se pouvait mieux expliquer, mais
qu'elle ne se sentait alors non plus capable de
rebuter son amant que le suivre; que la peur
l'avait à ce point paralysée, qu'il devenait
au-dessus de ses forces de retourner au pavillon;
que d'ailleurs, à cette heure du jour, ses parents
redoutés la surveillaient, et que c'est pour cela
qu'elle avait dû recourir à Gratien.

— Pouvais-je supposer qu'il prendrait au
sérieux des paroles échappées à mon délire?
Je pensais qu'il l'écarterait seulement... J'eus
un sursaut en entendant, une heure après, un
coup de fusil du côté de la grille; mais ma
pensée se détourna d'une supposition horrible
et que je me refusais d'envisager; au contraire,
depuis que j'avais averti Gratien, l'esprit et le
cœur dégagés, je me sentais presque joyeuse...

Mais quand la nuit vint, mais quand approcha
l'heure qui eût dû être celle de ma fuite, ah!
malgré moi je commençai d'attendre, je recom-
mençai d'espérer; du moins une sorte de
confiance, et que je savais mensongère, se mêlait
à mon désespoir; je ne pouvais réaliser que la
lâcheté, la défaillance d'un moment eussent
ruiné d'un coup mon long rêve; je n'en
étais pas réveillée; oui, comme en rêve,
je suis descendue dans le jardin, épiant chaque
bruit, chaque ombre; j'attendais encore...

Elle recommença de sangloter :

— Non, je n'attendais plus, reprit-elle; je
cherchais à me tromper moi-même, et par pitié
pour moi j'imitais celle qui attend. Je m'étais
assise devant la pelouse, sur la plus basse
marche du perron; le cœur sec à ne pouvoir
verser une larme; et je ne pensais plus à rien,
ne savais plus qui j'étais, ni où j'étais, ni ce
que j'étais venue faire. La lune qui tout à
l'heure éclairait le gazon disparut; alors un
frisson me saisit; j'aurais voulu qu'il m'engour-
dît jusqu'à la mort. Le lendemain je tombai
gravement malade et le médecin qu'on appela
révéla ma grossesse à ma mère.

Elle s'arrêta quelques instants.

— Vous savez à présent ce que vous dési-
riez savoir. Si je continuais mon histoire, ce

serait celle d'une autre femme où vous ne reconnaîtriez plus l'Isabelle du médaillon.

Déjà je reconnaissais assez mal celle dont mon imagination s'était éprise. Elle coupait ce récit d'interjections, il est vrai, récriminant contre le destin, et elle déplorait que dans ce monde la poésie et le sentiment eussent toujours tort; mais je m'attristais de ne distinguer point dans la mélodie de sa voix les chaudes harmoniques du cœur. Pas un mot de regret que pour elle! Quoi! pensais-je, est-ce là comme elle savait aimer?...

A présent je ramassais les menus objets de la corbeille renversée, qui s'étaient éparpillés sur le sol. Je ne me sentais plus aucun désir de la questionner davantage; subitement incurieux de sa personne et de sa vie, je restais devant elle comme un enfant devant un jouet qu'il a brisé pour en découvrir le mystère; et même l'attrait physique dont encore elle se revêtait n'éveillait plus en ma chair aucun trouble, ni le battement voluptueux de ses paupières, qui tantôt me faisait tressaillir. Nous causions de son dénuement; et comme je lui demandais ce qu'elle se proposait de faire :

— Je chercherai à donner des leçons, répondit-elle; des leçons de piano; ou de chant. J'ai une très bonne méthode.

— Ah! vous chantez?

— Oui; et je joue du piano. Dans le temps j'ai beaucoup travaillé. J'étais élève de Thalberg... J'aime aussi beaucoup la poésie.

Et comme je ne trouvais rien à lui dire :

— Je suis sûre que vous en savez par cœur! Vous ne voudriez pas m'en réciter?

Le dégoût, l'écœurement de cette trivialité poétique achevait de chasser l'amour de mon âme. Je me levai pour prendre congé d'elle.

— Quoi! vous partez déjà?

— Hélas! vous sentez bien vous aussi qu'il vaut mieux maintenant que je vous quitte. Figurez-vous qu'auprès de vos parents, à l'automne dernier, dans la torpeur de la Quartfourche, je m'étais endormi, que je m'étais épris d'un rêve, et que je viens de m'éveiller. Adieu.

Une petite forme claudicante apparut à l'extrémité tournante de l'allée.

— Je crois que j'aperçois Casimir, qui sera content de me revoir.

— Il vient. Attendez-le.

L'enfant se rapprochait à petits bonds; il portait un râteau sur l'épaule.

— Permettez-moi d'aller à sa rencontre. Il serait peut-être gêné de me retrouver près de vous. Excusez-moi... Et brusquant mon adieu

de la manière la plus gauche, je saluai respec-
tueusement et partis.

Je ne revis plus Isabelle de Saint-Auréol
et n'appris rien de plus sur elle. Si pourtant :
lorsque je retournai à la Quartfourche l'automne suivant, Gratien me dit que, la veille
de la saisie du mobilier, abandonnée par
l'homme d'affaires, elle s'était enfuie avec un
cocher.

— Voyez-vous, Monsieur Lacase, ajoutait-il
sentencieusement, — elle n'a jamais pu rester
seule; il lui en a toujours fallu un.

La bibliothèque de la Quartfourche fut
vendue au milieu de l'été. Malgré les instruc-
tions que j'avais laissées, je ne fus point averti;
et je crois que le libraire de Caen qui fut appelé
à présider la vente se souciait fort peu de m'y
inviter non plus qu'aucun autre sérieux amateur. J'appris ensuite avec une stupeur indignée
que la Bible fameuse s'était vendue soixante-
dix francs à un bouquiniste du pays; puis
revendue trois cents francs aussitôt après, je
ne pus savoir à qui. Quant aux manuscrits
du xviie siècle, ils n'étaient même pas mention-
nés dans la vente et furent adjugés comme vieux
papiers.

J'eusse voulu du moins assister à la vente du
mobilier, car je me proposais d'acheter quelques

menus objets en souvenir des Floche; mais
prévenu trop tard je ne pus arriver à Pont-
l'Évêque que pour la vente des fermes et de la
propriété. La Quartfourche fut acquise à vil
pris par le marchand de biens Moser-Schmidt,
qui se disposait à convertir le parc en prairies,
lorsqu'un amateur américain la lui racheta;
je ne sais trop pourquoi, car il n'est pas revenu
dans le pays, et laisse parc et château dans l'état
que vous avez pu voir.

Peu fortuné comme j'étais alors, je pensais
n'assister à la vente qu'en curieux, mais, dans
la matinée, j'avais revu Casimir, et, tandis
que j'écoutais les enchères, une telle angoisse
me prit à songer à la détresse de ce petit que,
soudain, je résolus de lui assurer l'existence
sur la ferme que souhaitait occuper Gratien.
Vous ne saviez pas que j'en étais devenu pro-
priétaire? Presque sans m'en rendre compte
j'avais poussé l'enchère; c'était folie; mais
combien me récompensera la triste joie du
pauvre enfant...

J'allai passer les vacances de Pâques et celles
de l'été suivant dans cette petite ferme, chez
Gratien, près de Casimir. La vieille Saint-
Auréol vivait encore; nous nous étions arrangés
tant bien que mal pour lui laisser la meilleure
chambre; elle était tombée en enfance, mais

pourtant elle me reconnut et se souvint à peu
près de mon nom.

— Que c'est aimable, Monsieur de Las
Cases! Que c'est aimable à vous, répétait-elle
quand elle me revit d'abord. Car elle s'était
flatteusement persuadée que j'étais revenu dans
le pays uniquement pour lui rendre visite.

— Ils font des réparations au château. Cela
sera très beau! me disait-elle confidentielle-
ment, comme pour m'expliquer son dénuement, ou se l'expliquer à elle-même.

Le jour de la vente du mobilier, on l'avait
d'abord sortie sur le perron du salon, dans son
grand fauteuil à oreillettes; l'huissier lui fut
présenté comme un célèbre architecte venu
de Paris tout exprès pour surveiller les travaux
à entreprendre (elle croyait sans peine à tout
ce qui la flattait), puis Gratien, Casimir et Delphine l'avaient transportée jusque dans cette
chambre qu'elle ne devait plus quitter, mais
où elle vécut encore près de trois ans.

C'est pendant ce premier été de villégiature
sur ma ferme, que je fis connaissance avec les
B. dont j'épousai plus tard la fille aînée. La R...,
qui depuis la mort de mes beaux-parents nous
appartient, n'est pas, vous l'avez vu, très dis-
tante de la Quartfourche; deux ou trois fois
par an, je retourne causer avec Gratien et

Casimir, qui cultivent fort bien leurs terres et
me versent régulièrement le montant de leur
modeste fermage. C'est là que je m'en fus tantôt
après que je vous eus quittés.

La nuit était bien avancée lorsque Gérard
acheva son récit. C'est pourtant cette même
nuit que Jammes, avant de s'endormir, écrivit
sa quatrième élégie :

*Quand tu m'as demandé de faire une élégie sur
ce domaine abandonné où le grand vent...*

DU MÊME AUTEUR

CORYDON.

INCIDENCES.

DIVERS.

JOURNAL DES FAUX-MONNAYEURS.

RETOUR DE L'U.R.S.S.

RETOUCHES À MON RETOUR DE L'U.R.S.S.

PAGES DE JOURNAL 1929-1932.

NOUVELLES PAGES DE JOURNAL.

DÉCOUVRONS HENRI MICHAUX.

JOURNAL 1939-1942.

JOURNAL 1942-1949.

INTERVIEWS IMAGINAIRES.

AINSI SOIT-IL ou LES JEUX SONT FAITS.

LITTÉRATURE ENGAGÉE (*Textes réunis et présentés par Yvonne Davet*).

ŒUVRES COMPLÈTES (*15 vol.*).

DOSTOÏEVSKI.

NE JUGEZ PAS (Souvenirs de la cour d'assises, L'affaire Redureau, La séquestrée de Poitiers).

Théâtre

THÉÂTRE (Saül, Le roi Candaule, Œdipe, Perséphone, Le treizième arbre).

LES CAVES DU VATICAN, *farce d'après la sotie du même auteur.*

LE PROCÈS, *en collaboration avec J.-L. Barrault, d'après le roman de Kafka.*

Correspondance

CORRESPONDANCE AVEC FRANCIS JAMMES (1893-1938). (*Préface et notes de Robert Mallet.*)

COLLECTION FOLIO

Dernières parutions

*Cet ouvrage a été composé
et achevé d'imprimer par l'Imprimerie Floch
à Mayenne le 16 septembre 1983.
Dépôt légal : septembre 1983.
1ᵉʳ dépôt légal dans la collection : juin 1972.
Numéro d'imprimeur : 21213.*

ISBN 2-07-036144-6 / Imprimé en France.